奋进年华

许瑞林 著

中国文联出版社

图书在版编目（CIP）数据

奋进年华：我在国企十八年 / 许瑞林著 . -- 北京：
中国文联出版社，2017.1（2023.3 重印）
ISBN 978 - 7 - 5190 - 2498 - 7

Ⅰ.①奋… Ⅱ.①许… Ⅲ.①长篇小说—中国—当代
Ⅳ.①I247.5

中国版本图书馆 CIP 数据核字（2017）第 008573 号

著　　者　许瑞林
责任编辑　李　民
责任校对　乔宇佳
装帧设计　中联华文

出版发行　中国文联出版社有限公司
地　　址　北京市朝阳区农展馆南里 10 号　　邮编　100125
电　　话　010 - 85923025（发行部）　　85923091（总编室）
经　　销　全国新华书店等
印　　刷　三河市华东印刷有限公司

开　　本　880 毫米×1230 毫米　　1/32
印　　张　6.75
字　　数　140 千字
版　　次　2023 年 3 月第 1 版第 2 次印刷
定　　价　65.00 元

序一　大时代造就的实干家

　　清风徐来之夜，仰望长空，总有那么几颗星星特别闪亮。在这样宁静的时光里，手捧瑞林先生撰写的《奋进年华——我在国企十八年》书稿，细细读来，心头不时泛起"围炉夜话"的感觉，仿佛一杯清茶，几个朋友聚在一起，循着瑞林先生平实亲切的语言，倾听他诉说在那段激情燃烧的岁月里的人生故事，改革开放初期热火朝天的时代氛围扑面而来，湖州印染厂那些人、那些事、那些设备、那些厂房连同那逼仄的小巷、清清流水的小桥历历如在眼前，不由得让人抚今追昔，心潮逐浪，感慨万千。

　　瑞林先生在湖州印染厂度过的十八年奋进年华，正是他继苦乐青春十四年的知青岁月之后，由青年走向中年的第二个黄金时期，更是整个中国社会由计划经济向市场经济转轨变型的关键时期〃真的十分感慨他有如此超强的记忆力和充沛的情感，把那些刻骨铭心的往事，如数家珍，娓娓道来。他的前辈们、他的年长或年轻的同事们的音容笑貌跃然纸上；湖州印染厂的技术进步、开拓市场、经营管理、创优争先乃至企业改革的大事要情——情景再现;他与志同道合的工人同成长同进步的心路历程,率真地奉献给我们。我相信这本书既是瑞林先生奋进年华的忠实记录,也是湖州印染厂的领导们和全体员工为之奋斗的纪实文学性的后期厂史。阅读这样一本寄托着瑞林先生真挚情感的书,年轻后生们一定会收获不息的精神动力,特别是湖州的"老工业"人士,在经意与不经意之中,穿越时空,重逢昨天的自我,回归与瑞林先生共同生活过的那个时代,唤起些许相似的生活记忆和情感记忆。

改革开放时代,是一个创造经济社会奇迹的伟大时代,也是一个造就事业、造就志气、造就人才的伟大时代。在这样波澜壮阔、风起云涌的大时代里,瑞林先生奋发进取,挥洒才华,谱写着自己出彩人生的励志故事,在这本书中,展现了许多源于生活的丰富生动的细节。我们不妨花海撷英,略举一二,从典型中见其风貌。其一,带着农村泥土气息"回城知青"的他,一路进蒸蒸日上的湖州印染厂,即刻为干部职工大干快上的热情所感染,做的第一件实事,就是"把四轮手推车改造成为三轮有导向轴头车",这是他体察工人劳动强度。细致入微的观察和熟练应用机械知识的结晶,是他初出茅庐的第一功。其二,在副厂长兼三元服装厂厂长的任上,他热情洋溢地在商海中搏击风浪、寻觅商机,他以执着的敬业精神,发挥诗意般的想象力,为一件他看中的服装式样,善意地跟踪一位穿着这件衣裳的年轻女士,精诚所至,金石为开,终于借得这件样衣,用作开发新款式的参考。其三,他受命危难之际担任厂长时,传统产业的国企面对过度竞争的市场,普遍遭遇经济滑坡,现金流拮据的困局，其中的焦虑与压力，为常人所难以想象。他身为厂长，为企业计，为职工计，团结带领一班人，同舟共济，顽强拼搏，下决心投产霜花印花灯芯绒新产品，尤其是在当时不景气的境况下，敢于投资 50 万元真金白银，非得有很强的决断力不可。好在应了那句老话，机遇是为有准备的人而准备的，霜花灯芯绒推向市场一炮打响，并取得了可观的经济效益，由此可见他的胆识与魄力。

从上述早期、中期、后期三个典型案例，鲜明地勾画出他积极勤奋奉献国企的人生轨迹。他以奋发进取的心志，迎难而上的作风，丰富的知识技能和包容共创的精神，从一名新进工厂的普工直至担任厂长，一步一个脚印，抓铁有痕，亲力亲为，奉献心力，成就了实干家的人生定位。

实干家的精神来源于与时俱进的家国情怀。家事连着国事，个人连着时代，是当代中国人的历史印记。瑞林先生无论是在知青生涯中与农民兄弟同甘共苦的生活，还是回城以后居住在报纸裱糊的斗室里同亲人们相濡以沫的经历，都让他深知生活的不易，锻炼了他处困顿而不丧志、历艰辛而有憧憬的心志。当改革开放的春风吹拂神州大地，亿万民众为追求美好生活而意气风发之际，也是他告别知青生涯，路进工厂大门之时，他内心深处发出为改革开放而欢呼的心声，决意要抓住时代赋予的机遇，立足本职岗位，为国家，为企业，为自己的未来梦想，脚踏实地，多做实事，做好实事。时代强音与自己心声的高度交集，为他矢志前行注入了不息的精神动力。

实干家的精神植根于迎难而上的责任担当。诚如瑞林先生所言，"宝剑锋从磨砺出，梅花香自苦寒来"。长期的艰苦奋斗和实践锻炼，养成了他不怕困难、迎难而上、初生牛犊不怕虎的一股锐气，困难面前他选择坚强，挑战面前勇于担当。在钳工岗位和设备科副科长岗位上，他为企业的设备改造和技术进步作出了实际贡献；在厂长助理至厂长岗位上，他同班子成员一道，为企业扩大生产、提高质量、开拓市场、增进效益、提升企业在本市乃至在全国同行业中的地位和影响力而殚精竭虑，攻坚克难；在企业困难之际，他心系职工，不避风险，圆满解决了职工集资款的发还难题。凡此种种事例，都彰显了瑞林先生事不避难，义不辞责的人格特质。

实干家的精神发端于勤奋学习积累的能力。瑞林先生是一位行动型与思考型兼具的人才，他聪明睿智，勤奋努力，善于从书本中学习，从实践中学习，向前辈学习，向工程技术人士学习，而且能融会贯通，学以致用。在遇到重要任务和难点热点问题时，他深入进行调查研究，总能在看似纷繁复杂的矛盾中理出头绪，抓住重心，实施对策。他路上社会的专业是机械技术，精细化系统性的专业特点和很强的动手能力，让他受益匪浅。但他不断地挑战自我、超越自我，数十年如一日的不懈努力，不仅成为纺织印染技术和企业管理的行家里手，而且在后续的美欣达集团的更广阔平台上，辅助集团公司董事长，出思路，谋突破，成为基建工程、热电联产、垃圾发电、城市矿产、农业废弃物无害化处理等环境产业领域的实干家和多面手。

实干家的精神得益于包容共创的合作团队。瑞林先生身体力行，以朴实的语言和行动，阐发"一个篱笆三个桩，一个好汉三个帮"的道理，他在国企十八年的往事，很大程度上是为国家谋事，与同事相处的经历。在这本书中，他不吝笔墨，描述了他的前辈厂长书记、他的事业伙伴们的生动形象，甚至有一线工人们饶有情趣的故事，透过这些看似平常的身边人、身边事，实质上却寄托了他的一片深情厚意，永志不忘前辈对他的支持、事业伙伴对他的帮助，一线工人们的辛勤付出，在这样一个团队合作的集体中，瑞林先生如鱼得水，施展才华，不负组织的信任和重托。而且，瑞林先生坚持的"包容共创，合作双赢"的理念，在美欣达集团一脉相承而更加发扬光大，他识才爱才、用才惜才，以他率先垂范的模范行为，为美欣达事业培养了一批德才兼备的年轻才俊。

大时代造就了瑞林先生这位出色的实干家。瑞林先生以自己锲而不舍的精神和人生励志故事，谱写了他的出彩人生，奉献于这个大时代。

若问瑞林先生为什么倾注心血并乐而不疲地撰写自传式人生故事三部曲（我们有幸读到了前两部，期待尽早读到第三部），他对我披露心迹说，理由无非两条：一是为了增添晚年生活的乐趣，与自己对话、与亲人们对话、与朋友们对话，乃至与时代对话，本身就是一份快乐；二是为了家庭文化传承、企业文化建设的大计着想。诚者斯言，文化因其导向、激励、规制、展示的功能，对于一个人，一个家庭，一个企业在潜移默化中有其不可估量的重要作用。我深信，当事业伙伴们、年轻后辈们有幸读他的人生故事，从中引发某种思考、收获某种感悟、并激发起某种志存高远的行动时，那么瑞林先生的初衷也就圆满地实现了。

孙家宏

孙家宏：湖州市委原副秘书长、政策研究室原主任。

序二　潜能无限的奋斗者

"世界上发生任何事情都是可能的。"

"事在人为，人的潜能无限。"

这两句极普通的话，内涵是没有边界的。我不但相信这两句话，而且在许瑞林先生《奋进年华》一书中，再进一步证实了。

有的人在世上匆匆而过什么也没留下；有的人在不同的历史时期和特殊的环境中，造就并留下了一种精神，这是一种无法估量的财富，就看你是否懂得如何去认识和运用。许瑞林先生以朴实生动的笔调，纪实性地写了他在 20 世纪 60 年代去农村落户成长的《苦乐青春》一书，现在这本《奋进年华》又让我们从山回路转中看到了他的另一种生活。虽然他由农村回到了城市，从农民变成了工人，进而一步步以饱满的激情、坚实的步伐，发挥着他的毅力与才智走上了领导岗位，加入了中国共产党，不变的却是他一颗上进的心。这就为我们和下一代人构建了一种精神力量，让我们从中感动、启迪、学习、传承。因为，这是在中国一个特殊历史时期中生发出来的。历史不会重复，但历史会给予我们不同的形式重现。什么事情都可能发生，但只要有这种精神，我们就能顺应、驾驭、创造。

读着这本《奋进年华》，我的思绪也回到了20世纪70年代初我在湖州印染厂工作过的日子。看他笔下的厂房格局和不少人名，让我仿佛又回到了当年处在"无产阶级文化大革命"的社会氛围中，令人亲切又感叹，又从他的叙述中，让我了解了我1980年离厂后的种种变化，觉得既欣慰又高兴。一个不大但卓有成效的厂，随着国家的政治、改革、发展而演变并最终完成了历史使命。当年我是为了躲开纷乱和瞬息万变的政治旋涡，主动要求到印染厂当一名花布设计员的。每天的工作就是在一方13.5厘米×13厘米的白纸上用色彩和线条画出指定内容的图案。和生产的车间的联系也只限与印花工序有关的部门。所谓"指定"就是突出政治，我们画"老三篇"的书、样板戏里的红灯、芦荡，"大海航行靠舵手"的大轮船和毛泽东对卫生工作最高指示的红十字医药箱，印被面用布就得画碗大的向日葵等。待"四人帮"被粉碎，我又奉命调回市级机关工作到退休。这也和许瑞林先生一样，生活的轨迹是自己不能设定的。本文开头的两句前一句是被动，后一句是指主动。许瑞林先生一路成长成绩斐然，两者都是相辅相成的，其核心还是他在任何境遇中都有一股凛然向上的正气，这也是一种因果。

细读这本书，看到了国家命运对于老百姓生存的影响是巨大的。人民的思想意识是随着国家社会的变化在转换和适应着的。当年穿一身全是"老三篇"或医药箱图案的花衣裳在街上行走是一种对领袖忠心的表现，今天就会被当成是"疯子"。量布裁衣的时代已经过去，许瑞林先生忠实地记录着一个国企小厂的发展变革，写他在不同时期中对湖州工业的贡献，也写了工人对他自己成长奉献的种种关系。这不仅仅是写给自己看的，也是给许多同龄人和年轻人看的，可以认识过去，热爱今天，展望未来。

每个人的潜能在实践中才能体现出来，每一个人也都是一本丰富多彩的书。许瑞林作为一个企业家，能写出来就是为社会又贡献了一笔社会的财富。

今天很快会过去，明天也许更精彩。

寇　丹

八十三岁

寇丹：男，满族，1934 年生于北京，长期居住于湖州，20 世纪 70 年代初在湖州印染厂工作十年。他是湖州文学界的名人，著有多本文学作品。

序三　勇往直前的许瑞林

　　《奋进年华》是许瑞林先生继《苦乐青春》后，一部反映他在国企工作十八年许多真实事件的作品，这正是国家的重心从政治运动开始转移到以经济建设为中心的历史时期，也是从计划经济向市场经济转变的关键时期，这部作品正是反映了那个伟大变革时期一个国有企业的种种变化。书中记录了湖州印染厂在那个年代所经历的许多重大事件，也讲述了瑞林先生十八年中在企业工作的许多真实故事，有反映企业面临的机遇、危机，有与民营企业的激烈竞争，有人员的大流动，有对职工思想的冲击，也有管理者的迷茫和奋斗。读了以后，让人们更深刻地理解那个历史时期，在国有企业所发生的变化，也为那些曾经在那个年代，处在错综复杂的经济环境中努力拼搏的广大职工和管理者，表示深深的敬意。

　　瑞林先生初到湖州印染厂被分配在机修部门当机修工，这是他非常向往的工作（他曾经在机床厂的半工半读技术学校学习四年，由于他的努力学习，掌握了一些机械的基础知识和机械加工的初步技能），对企业来说，机修虽然不是一个主要车间，但它却影响着全厂正常生产，瑞林先生和他的同伴们在经历了农村广阔天地的磨炼后，满腔热情地投入到新的工作岗位，给企业带来了新鲜血液，瑞林先生一到岗位就表现出了一个优秀工人的品质，他和他的同伴们突出表现在：一是主动请战（一般机修工是被动接活），提出改选设备的项目方案；二是能务实地考虑企业的实际，因地制宜地解决问题；三是处处考虑职工的利益，千方百计减轻工人的劳动强度，提高劳动生产率，他把四轮轴头车改成三轮有导向的轴头车，对十吨锅炉的改造等都体现了这一点。

瑞林先生在机修这个岗位上，以极大的工作热情，并虚心地向老工人、向技术员请教，为企业着想，为工人着想，在企业的技术改造中做出了出色的成绩，对于一个设备条件比较落后，资金实力又比较薄弱的印染厂来说，无疑是大大地促进了企业的发展。

瑞林先生在短短六年时间里的出色表现，领导看到了，工人看到了，正处在发展中的湖州印染厂把他提拔到了领导岗位，这就是为什么湖州印染厂也是市重点企业之一人才济济，没有选中别人，却选择了仅仅在企业工作了六年的一个下乡知青，他能胜任吗？事实告诉我们，瑞林先生很好地把握了这一人生际遇，把职务当成是一种责任，全身心地投入工作。他向工人学习，向专业技术人员学习，向一切内行人学习，终于成长为懂技术懂管理的称职领导。印染厂在这一个强有力的领导班子领导下，创造了企业最辉煌的时期，同时获得了六好企业等许多荣誉。

　　然而，尽管企业上下十分努力，但在改革开放的大好形势下，市场竞争的严峻局面使一个设备落后、规模不大的国有企业面临困难，逐步暴露出它的问题，企业经营十分困难。在这种状况下，瑞林先生又义不容辞地挑起了厂长的担子，真是明知山有虎，偏向虎山行。虽然只担任短短两年多时间的厂长，他还是锲而不舍地带领职工奋发图强、共渡难关，开发新的产品，开辟新的市场并获得全国三个奖，提升了企业的效益，同时将职工两百多万元的集资款全部偿还，真是体现了一个敢于担当的厂长品格。

　　十八年的国企生涯，在国家建设的大背景下，瑞林先生从一个工人到最后走上厂长岗位，始终保持了旺盛的工作热情，虚心学习的钻研精神，顽强拼搏的工作作风，无论企业顺利发展时还是遇到困难都能勇敢担当。这十八年也是他的黄金年华，在改革开放的熏陶下，在企业不同岗位的锤炼下，依靠自己的努力，已成长为一个优秀的管理者，也为他下一个目标扬帆远航奠定了坚实的基础。

姜祖休

　　姜祖休：原湖州市机床厂厂长，1966 年曾是我在湖通技校的老师。

目录
CONTENTS

上篇　印染厂初期的技改奋斗

1978年10月17日，我结束了下放吴兴县南埠公社联心大队第三生产队的知青生活，依依不舍地告别同甘苦、共命运，与之朝夕相处15年的当地农民乡亲们。我们吴兴各地70名下放知青，一起调入方兴未艾的湖州印染厂工作。我被分配在工厂机修车间当一名普工，一切都得从头开始。当时正值我国改革开放初期，"改革春风劲吹大地，鲲鹏展翅势满乾坤"。祖国正呈现一派以经济建设为中心，欣欣向荣的大好发展形势。

第1章　初到印染厂

1978年10月17日，这是一个我永生难忘的日子，我搭上了知青回城的末班车，上调到湖州印染厂，开启了我人生第二个重要的阶段。积极向上、发奋进取，成了我前进路上的主旋律，印染厂是国有企业，我即将成为其中的一员。我从农村走向城市，由农民转变为工人，这是人生的一大幸事。我的心情久久不能平静，我对前程充满无限憧憬，暗暗激励自己要争气，要在新的岗位上虚心学习，踏实苦干，做出好的成绩来，为工厂发展添砖加瓦。同时，我又对下放15年的生活萌生了一股留恋之情。我们这批知青，从城市到农村、从学生到农民、从四体不勤、五谷不分的城里人，到农村锻炼成为脚踏实地的新农民，在建设社会主义新农村的伟大实践中经风雨见世面。知识青年与当地农民乡亲们朝夕相处，同甘苦、共命运，真是风雨同舟，结下了深厚的感情，一旦分离，也有些不舍。离开南埠的那天，我回想起第一天来到这块陌生的土地，与知青屋的朋友相处的那些日子，还有和农民在田间地头劳动，上山砍柴，抢收稻谷，修建水库，装双轮车，自建新房，结婚生子……那些场景就像放电影一样，一幕幕展现在我的眼前。在这里我体会到了耕耘和收获的喜悦，培养了热爱劳动、热爱生活、艰苦奋斗、自强不息的精神，这种精神财富是用金钱所买不到的。但是天下没有不散的宴席，每个人都有每个人要走的路，要努力的方向，我也是，上天也为我打开了一扇门。

10月17日这天，那是我人生不平凡的一次转折，也是激动不已的一天。一大早，我们这些从各地上调来的70名下乡知青，就到小西街湖州印染厂报到了，大家带着兴奋、迫切、期待的心情，步入了印染厂，开始了第一天上班。那时，大家对这里的一切都感到十分新鲜好奇，不过在我的内心世界里，总是萌生出"一定要好好干，要干出好成绩，我要像15年前下放农村时那样做，跟着老师傅学，跟着老师傅干，在干中学，在学中干，把自己打造成为一个深受工厂干部职工欢迎的好工人"

的想法我在心里的这个决心，一直成为我进入湖州印染厂的工作努力方向。

记得进厂的第一天，得到一个通知，进厂新工先要劳动三天，主要是大搞全厂卫生，把湖州印染厂每个墙角、弄堂、废铁堆、煤场、各车间废旧物品和垃圾，彻彻底底清理打扫一次。我们70个人分了三个组，大家领了工具，有铁镐、扫帚、双轮推煤车等，还发给我们每人一条毛巾，一双手套。我心想："这种条件比我们农村好多了。"我被安排在煤场搞卫生，我们20多个人，要把几堆分散的小煤堆，用车装上，拉到厂里那个大煤场里。在工厂锅炉房的周边我们看到好几处堆着的废铁和不用的旧设备，有的一看就知道已经堆放好几年了，这样的环境的确是应该好好地整理一遍了，我们刚进厂的知青，个个身强体壮在农村都是拿10分的正劳力，做这些搞卫生拉煤车的事真是小菜一碟。

上半天的劳动结束，要到11点半才能吃饭，其实我们这些知青农民，肚子早已饿得咕咕叫了。等到吃饭的通知下来，都直奔饭厅，点菜要饭，六两饭一盒菜，不到三分钟就吃完了，感觉一点都没吃饱的样子，真想吃一斤饭，但又不好意思再要。一些在一旁吃饭的工人，看我们这些新工吃饭就像荒山谷土、狼吞虎咽，像"饿煞鬼"的样子，都有意无意地关注着，几个女工还看着我们窃窃私语。下午，又接着劳动，到5点下班时，我们已经把收集起来的废铁全部装上车，卖给废品站了。第一天的领导布置的任务，完成得非常出色。

第一天的劳动中，我们熟悉了印染厂的第一位领导，是工厂的中层干部，名叫袁道忠，任印染厂供销科副科长。说起袁道忠，厂里许多人都说他很有外交天才，会做生意，厂里只要与外界打交道的事，他总是第一人选。他高高的个子，标准的男子汉，眼睛炯炯有神，说话头头是道。一大早，我们就集中在场地上听他讲话，他说厂领导把新工进厂三天劳动的任务交给他来安排。他把这三天的劳动内容一一作了布置，并话题一转，"一箭"插入大家心中的想法："你们大家都在期待三天后安排到一个好的车间，我告诉你们，这三天的劳动，我就是在看你们的表现，你们大家都要好好劳动。"他的确经常不定时地出现在我们面前，看看听听，四处观察，有时还与我们进行交流，问这问那了解情况。我们这些人的工作安排，他有很大的建议权。大家休息时，也在议论哪个车间好（当时有印花、染色、成品、机修等四大车间），但是，我会被安排到哪个车间，我比较自信，我相信我一定会分配到机修车间，那是最适合我的，也是厂里最缺少机修工的部门，况且印染厂的许多领导，都知道我有机修车间的工作经验。

　　第三天的劳动到上午结束了，通知下午在厂北区会议室召开新员工欢迎大会。我们大家一走进会场，就看见会场前面的主席台上，写着"热烈欢迎全体新工加入湖州印染厂"的大幅标语。一股热流即涌上心头，回想起当年我下放农村时贫下中农欢迎我们的场景。我定了一会神儿，重新环顾大会场的热烈场面，这与农村截然不同，农村是个广阔的天地，靠天吃饭，当时的贫下中农，以纯朴之心欢迎我们去成长、去锻炼，我们白手起家；而此时的热烈场面，是欢迎我们步入工人阶级队伍，成为新中国的一名新工人，工厂领导和工人老师傅，对我们这批上调知青寄以无限期待与憧憬，况且工厂已初具规模。

欢迎会会场可容纳300多人，当天欢迎会有200多人参加，其中有各科室负责人、干部代表；有染色、印花、成品、机修等四大车间的主任、副主任；还有各车间班组代表参加。会上厂长施锡荣作了动员报告，施厂长五十多岁，个子不高，体质较弱，穿得比较朴素。他带着绍兴口音向大家介绍说"湖州印染厂是一个快速发展的中型厂，已经生产出外销灯芯绒产品，列入市重点发展企业，前景一片大好。希望新进厂青年要好好学习，钻研技术，努力学好本领，继承工人阶级的优良传统，为湖州印染厂的新发展作出贡献"之类的话。

后来我知道，施厂长对工作勤勤恳恳，对工厂生产极端地负责任，他每天都会提前一个小时到厂，对整个工厂前前后后看一遍。又到几个车间走走，了解情况，听听工人和车间主任的建议。他最关心的是锅炉间，因为那里有一台不争气的六吨沸腾炉，经常会半夜故障停炉影响全厂正常生产。

那天，施厂长的讲话，使我深受鼓舞，确实感到湖州印染厂已经成功地生产出外销灯芯绒产品，发展趋势很猛。这个破旧的小厂将会面临着大量的设备技术改造，我这个机修工曾经在正规的湖州通用机械厂半工半读技术学校学习过四年，还在南埠农机厂干了八年的农机修理和机床加工。我比较自信，凭借像我这样的技能，一定能在湖州印染厂发挥个人特长。在欢迎会上，印染厂党委书记吴文琴也作了讲话，这位从湖州丝厂工人岗位上踏实工作，一步一步走上领导岗位，最后调任到湖州印染厂担任党委书记的她，十分重视政治思想工作。她在台上作的动员报告，离不开政治思想工作。她主要讲了一些"政治工作是一切经济工作的生命线"等思想理念，希望新工进厂以后，要跟好师傅，团结同志，进行"一帮一"，开展"一对红"活动，并要求各车间支部书记，要认真做好新工的思想教育工作，对要求上进、表现突出的新工，可以入团、入党等。

最后，是欢迎会的一个关键时刻，会上由专门成立的"新工考察安排小组"，公布了每个新工安排所在的车间和工种。全体新工全神贯注听着分配名单，会场上不时传出噢噢的激动声音，当报到许瑞林到机修车间报到的声音一落，我就知道我的目标实现了。会议结束，由车间主任带领新工到各自车间。欢喜、忧愁、满意、懊丧只有上调知青各人自己所知。但极大部分知青都愿意接受新工作的安排，因为比一辈子当农民已经幸福多了。当然，这些心情还有与之结对的师傅相连，作为工人师傅，他们总想挑一个聪明、肯干、听话的当徒弟做助手。如果分配到一个不称职的徒弟，也是一件很"要命"的事情，不仅难教难带，劳而无功，弄不好还会落个教育无方的坏名声。我确实不出自己所料，结果被分配到机修车间当钳工，分到机修车间和维修车间的还有沈骏发、沈威如、董兆林，陈明明等，这些人都曾从事过这个工作并有这方面的工作技能，厂领导早已摸排得清清楚楚了。

大会结束以后，为了使我们这批新上调的知青新工，对印染厂整个厂区布局有个全面的了解，厂部特安排一名干部带领我们对整个厂区，里里外外、角角落落看个够。这使我有机会真真切切地了解全厂的整体布局、地形地貌、各车间大小、地域分区之"庐山真面目"。整个印染厂厂区显得很零散，它以小西街为界，分为南、北、西三个区域。北面区域小，分布为印花车间一座大平房，有66米长、12米宽，车间内有4条窄幅的印花台板，每条台板有60米长，实际可印60米长的人造棉印花布。印花车间的北面，就是小西街有名的一条从西苕溪流进湖州西门——清源门入城的支流，名漕渎，河上建有一座古石桥，名永安桥，而老百姓都俗称其为"木桥头"。我们工厂的许多工人，都是从市区经劳动路、勤劳街，走过"木桥头"，经木桥南弄，出弄堂转弯向西再走百余步路，就可进工厂大门了。

印花车间边上还有一座二层楼的楼房，有10间，楼下用于做感光、制版辅助车间。另外几间系为印花车间的配套间，是用以对印花网架清洗的场所。楼上的8间作为全厂唯一的大会议室，重大会议、全厂职代会，都在这个会议室里召开。楼上的另外2间，需要从西面楼梯上去，为厂部的花样设计室。紧贴在会议室的墙体与西面的厂外围墙之间，还建起了一个简易的蒸箱间，有8米高、10米长，里边放了2台高温蒸箱，为手工印花布的配套设备，手工印花布需要放到蒸箱内高温蒸烘一定时间，才可达到染料固色作用。会议室与台板间中间，还有一个长8米、宽7米的二间平房，成为工厂的一个医务室，一个托儿所。托儿所是为了照顾女工，有小孩无人带管的家庭，女工带着小孩上班后，托交给托儿所阿姨带管，这是工厂为工人所做的一件十分人性化的一件好事。另外，北区还有一个提供全厂工人吃饭的食堂。南区主要车间和科室的员工、干部，吃饭都要穿过厂区外的小西街，很不方便，又不安全。

后来，在我们上班没有几个月的一天半夜，食堂突然失火了，面对那满目疮痍的现场，厂部一方面检查失事原因，教育大家安全防火、防盗、防工伤事故，在此基础上就决定在原有烧毁的地基上，新建一座二层楼的多功能厅，底层作食堂，二层作工会活动室、图书室、大型会议室。北区的大门进人的左面，还有一座矮小的、约100平方米石棉瓦的临时机修车间，里面有一台C630长车床、一台C618小车床、一台横臂钻床，还有B665刨床等，在很小的临时房子里还分了电工间、电焊间。在印染厂北区那个不大的空间里，安排了医务室、托儿所、蒸箱间、花样设计室、机修车间、印花车间、食堂、会议室等，那么许多不同类别的诸多场所，真是有点缤纷杂陈，当时我感到比我在农村的农机厂条件差多了。不过，在这个不大的空间里，能发挥如此大的功效，按我们湖州人的说法，叫"螺师壳里做道场"，不过也做出了"市面"。也许，这种状况并非我们湖州印染厂一家，这可能就是我们上世纪70年代末湖州城市工厂的一个缩影而已。

湖州印染厂的南区要比北区大多了，一进厂门就是成品车间，是一间很矮小又很长的木结构房子，里面放了一台老式的拉幅机，是印染布后道工序整理定型用的。进厂门右转弯再左转弯，有一个三岔路口，西面，是木结构老式二层楼的办公楼和仓库，楼上作办公室和会议室，楼下是五金配件仓库，还有技术科。办公楼的东面还有一个成品仓库，办公楼的南面是染色车间，染色车间的南面有间烧毛退浆的房子，再南面就是当时全厂最大气的 800 平方米的大车间，后来在技术革新时，我们曾经在此大刀阔斧地从单元机，改建成连续化生产的"联合印染机"。在 800 平方米水泥结构厂房的南面，厂部正规划整个厂区的发展蓝图，当时已建起了二座仓库，还准备新建四层的办公大楼，新建三层的割绒车间。在 800 平方米厂房的西面是锅炉房和大煤棚，锅炉是 1 台六吨的沸腾炉，旁边又规划了一间十吨锅炉房，正准备搞土建工程。

整个印染厂分为南厂区，北厂区，以小西街为界，把整个工厂劈成二半，南面是环城西路，西面是红丰路，中间是小西街，整个工厂就像一条老和尚的"百衲衣"，由无数大大小小、高高矮矮的新老房子组成，要想做好该厂发展的整体规划的确很难，后来，还发现了湖州印染厂隔了一条红丰路的西区，那里有 8 亩土地，正准备筹建污水处理站。若干年后湖州印染厂搬入新厂时，该土地卖给湖州电力局建起了现在的新金桥大厦。

三天的劳动与最后的隆重欢迎大会，以及会后令我们感慨万分的厂区熟悉参观，就此落下帷幕。这三天时间虽很短，但对于我们刚进厂的知青新工却觉得很长，因为大家都想早点知道自己分配的情况，心情都比较迫切。而对于我来说，三天最为圆满的一个结果，就是让我这个曾在"湖通技校"学过切削工艺、车刨铣磨的，与 4 名同样有着实际工作经验的上调知青工人，分配到了机修车间，真正做到了人尽其才。这对企业、对个人都有好处，也为我们上调的知青工人，在新的环境、新的岗位上，能发挥自己的力量，为工厂多作贡献奠定一个良好的基础。

第2章　西门古城墙下的印染厂

　　据厂里的老工人介绍并查历史资料得知，湖州印染厂的前身是湖州达昌，是由几十台织绸机组建起来的。1965年，人民布厂印花车间并入，成立了湖州印染厂，隶属工业局，主营转产花布。当时有职工223人，固定资产31万元，专用设备有印花台板264米/8条、手帕印花台板33米/2条，年生产能力500万米。当年生产手工网印花布225万米，产值328万元，利润26万元，税金13万元。20世纪五六十年代，在古老的小西街屹立着一座创利26万元、达200多人的工厂，相当于如今的一个大厂了。做个比喻，当时能够骑上一辆"永久""凤凰"牌自行车，在人们的眼睛里，相当于如今驾着"皇冠""雅科仕"牌子的汽车一样。

　　住在湖州古城西片的湖州人都知道，当时在手表没有普及、很多人家没有闹钟的情况下，为了督促工人按时上班，大概在早晨六点钟时，工厂拉响汽笛声（其汽笛声似如今的防空警报，不过是长鸣声），这似乎是在通知工人们要起床了；大概又过了半个小时的样子，工厂的汽笛声又拉响了，似乎是在通知工人们可以出门上班了。湖州印染厂的汽笛声，成为工人们的一支"上班曲"，也成了老湖州人的"晨鸣钟"，古城的一道老厂风情。

工人上班全靠步行，他们戏称是乘"11号汽车"上班，只有部分人是骑自行车上下班的。当时工人们上班的路线有三四条，除上述过"木桥头"，经木桥南弄出口，右转百余步进厂外，当时红旗路已经拓宽，工人们可以走到红旗路近西段口前，向东转入小路，行走一二百步，从小西街西门城门口转入；住在西门塘廊的工人，可以径直向东，进西门城门口入厂；而较多的一批工人分别从南街、仪凤桥、金婆弄几个方向过来，经过旱渎桥，入小西街东端，步行半里多路到厂区。刚进厂时，厂区南面还是湖州城的老城墙，我们爬到城墙顶瞭望前面是一片农田和水塘，那时湖州的城墙也不算高，有六七米高和六七米宽，城墙外面还有一条七八米宽的护城河。一次老厂长带了县里的领导爬上城墙一起规划湖州印染厂的发展扩建问题，后来因占用太多农田、城墙和护城河已经规划拆除建设环城西路，便取消了这个扩建想法。年后印染厂南面的城墙开始拆除，我经常走到厂外去看环城西路的建设速度，有许多台挖机把城墙上的大堆土、砖运过去填在旁边的护城河里，这样的工程不用外地拉矿渣来填河筑路，应该是最经济的，不到一年漂亮宽敞的环城西路建好了，印染厂急盼着把大门改建到南面的愿望实现了，厂里的基建部门很快动工，没有几个月就把环城西路大门建好了。全厂许多员工往南大门进出上班了，特别是老厂长施锡荣、老书记吴文琴开心得不得了，因为古话"朝南大门风水好"，印染厂一定能越办越好。

　　古城墙被推倒了，换来了新的柏油马路，印染厂进厂的漂亮大门用花岗岩贴水泥大柱也敞开了，一种新的气氛在鼓舞着全厂干部职工精神。在这样的大好形势下，湖州印染厂乘改革开放政策之东风，乘风破浪，不断开拓进取。1978 年工厂开始接受外贸灯芯绒染色生产；次年，产品开始销往西欧、美国、日本、香港等 10 多个国家、地区。

在改革开放东风劲吹之际，湖州印染厂需要进一步发展，做大做实做强，跨上新的历史台阶。工厂要发展，人才必先行，正因如此，才有 1978 年 10 月 17 日，我们 70 余名下放知青，被一次性招工到印染厂，工厂注人了一股新鲜血液，印染厂职工大幅增加，这是该厂建厂以来，史无前例的人才大扩招。1978 年年末，工厂职工人数增加到 343 名，固定资产达到 120 万元，印染设备有 60 米印花台板 4 条、染缸 16 只、印花年生产能力 132 万米、染色布 700 万米，当年共生产印染布（含出口灯芯绒）690 万米，产值 914 万元，利税 141 万元（其中利润 62 万元）。全员劳动生产率 31416 元 / 人。1980 年，舞灯牌 76×170 染色灯芯绒获纺织工业部优质产品奖。

第 3 章　技术革新第一炮

我终生难忘的一天，那是我真正成为湖州印染厂机修车间机修工的第一天。上班报到的那天，我带着忐忑不安之心，步人我即将长期在这里工作的车间。这个车间，其实是一间很简陋的房子，我们头一天上班的知青工人，就在这个矮小的、简易棚式的机修车间向领导报到。车间领导是一位临时负责人，名叫张德龙，为40多岁的中年人，他不懂机械知识，但有自己的一套工作方法，全厂运行车间的机械设备故障维修保养工作都落在这个车间领导的肩上，加上工厂设备老化，维修担子很重，他都要调度好。机修车间也设有党支部，党支部书记名叫吴炳欣，人长得很高大、稍瘦、皮肤白，倒是个有经验的电焊工，技术水平也很好，带有1个徒弟。他是党员，也是市级先进人物。当时我厂那台6吨的老式沸腾锅炉，水冷壁管常有爆破现象，全厂经常由于锅炉炸管而造成停工停产。这时的他就大有"英雄用武之地"，成为全厂领导和员工注目的人物。未待锅炉完全冷却，他就爬进高温炉内电焊修理，常常连续工作几个小时，直到完成任务。为此，其动人事迹常常见于报端。车间还有5个老师傅，其中有维修工班长何德明，钳工安装班长路志荣，钳工胡千华，电工班长朱炳发，电工冯玉林他们各带领一个电工徒弟冯健、邱惠刚。

那日发现，我们一同上调印染厂到机修车间的这批知青工人，除我以外，还有沈骏发、沈威如、董兆林、钱益民、陈明明共6名新工，分配到机修车间工作，是为了充人增强全厂的设备改造、维修管理力量。当时我被安排在金工钳工班，由路志荣师傅负责带领，主要是做一些设备改造和维修中需要制作的配件。

只要看到湖州印染厂的一片旧厂房，就知道它那里的设备好不到哪里去，事实也的确如此。为了日后能够更好地做好自己的本职工作，我对厂里的设备查看并统计，有旧烧毛机1台，灯芯绒割绒机6台，刷毛机2台，退浆机1台，六格平洗机1

台，集体传动的卷染机14台，轧水烘干机1台，单面灯芯绒烘干机1台，拉幅机1台，码布机2台，锅炉间还有一台6吨沸腾炉，印花车间有4条60米长台板，有制版感光、蒸花、水洗设备，这都是一些破旧、拼装、改造设备。对此，我也觉得是正常普遍现象，因为那时我们国家还很穷，常提出"以废为宝""修旧如新""增产节约""开源节流""反对铺张浪费"等口号，以修旧利废为荣，以铺张浪费为耻，乃至在民众的穿着上，也提出了"新三年，旧三年，缝缝补补再三年"的口号。

但是，由于我厂的设备毕竟是老化了，每天会有许多设备出现故障，设备维修工作量很大，经常要突击抢修。

然而，困难挫折挡不住正在蒸蒸日上的湖州印染厂干部和工人大干快上的社会主义建设热情，那时全厂上下共同努力，艰苦奋斗，同心协力，正欣喜地憧憬着企业那美好的发展前景，在业务拓展产品提升上，从内销产品，扩大到外销产品；产品从内销老三色（红、黑、蓝），发展了染色灯芯绒产品。特别是灯芯绒产品出现在湖州不起眼的小西街印染厂，能出口到世界的发达国家，引起了湖州市领导的高度重视。湖州市外贸进出口公司，经常派出驻厂代表，落实创外汇的指标。市政府也在人才引进、银行贷款、技改审批项目等各方面，都给予了极大的支持。湖州市政府领导，也经常到厂参观指导，现场办公服务，帮助企业解决实际困难，我们这次70名知青能够集中上调到厂，也跟企业的快速发展有着直接的关联。

企业领导，特别是施锡荣厂长，吴文琴书记，更是在大好的形势下，踌躇满志，雄心勃勃。他们把怎样巩固、发展、发挥现有设备的最大潜力，进一步发挥广大干部职工的积极性和创造性，加强技术改造、提高产品质量、提高生产效率，特别是提高出口产品的质量和产量，为国家多创外汇，多做贡献，作为工厂的首要任务。在工厂党委、厂部集体研究的基础上，在印染厂提出了一个响亮的口号，即"全厂干部职工团结一致，狠抓生产，多做外贸，为打造灯芯绒品牌而努力！"具体落实措施的方针是："优化工艺技术、提高质量标准，在厂内大搞技术改造的群众性运动。"

在这样热火朝天的生产形势下，作为刚刚进人工厂、分配在机修车间金工钳工班的我，遇到了大好的发展机遇。我看到了工厂大好的发展前途，自己也很高兴激动。同时，在高兴之余也在冷静地思考，作为一个机修工，我在此时此刻应该做些什么呢？自己曾暗暗下了决心，要为工厂的大干快上作出自己的努力，一心想在工厂设备的改造方面多做些贡献。但是我又想到，我仅仅是刚进厂没多长时间的最低层次的普工，上面有老师傅、班长、车间主任、书记，这事情我跳在前面不太合适，当时思想斗争有些激烈，行动上也有点踟蹰不前。

一次我路过染色车间远远望见一位工人非常吃力地推拉一辆装上布的轴头车，一不小心人摔在地上，我看他重新爬起来吃力地一推一搬地把车子拉开。我细致观察染色工人在高温车间劳动，每 2 小时完成一个染色轴（打成卷的圆轴），布匹约有 220 多斤重，放在一辆四个轮的轴头车上拉很长的路。由于车子不好拉，给工人带来很大的劳动强度。染色车间是我厂的重要车间，我们一定要从最普遍、最能改善工人劳动强度，并最容易取得效果的技改项目着手。我第一个改造染色车间送轴车的技改设想向领导提出了，我的技改提议受到厂领导的重视，也得到我们机修车间领导的支持及染色车间主任和工人们的认同。

当时，我向路志荣组长和张德龙主任汇报并得到他们的支持，与沈骏发、沈威如等机修车间同行共同商量，决定把四轮轴头车，改成三轮有导向轴头车。这些小改革如今看来可以说是"小菜一碟"，不过当时，作为我提议的第一个技改项目，还是慎重其事、仔细认真地对待的。我们先选择了一辆四个轮的轴头车进行试验，把手推车方向后面的两个轮子拆了，车架子经过电焊加工，改装成为一个轮子。轮子加上轴承，作为手推导向作用，又将前面的两个轮子同样加上轴承，这样使原来的四轮滑动摩擦轮的轴头车，改革成为三轮有导向、有轴承的滚珠轴头车，经过一整天的起早摸黑，我们的"新生儿"终于呱呱落地了，推起来十分灵活轻便。第二天我们就到染色车间，把改革后的三轮滚珠轴头车交给原拉四轮手推车的老师傅试用，他觉得又轻便又灵活，他又装上220多斤重的染色轴再试，同样轻便、灵活，不觉哈哈大笑起来，还大大地夸奖我们，毕竟年轻人脑子活，有办法，使他们推车的也轻快多了。

老师傅的夸赞和大家的认同，增强了我们改革轴头车的信心和决心，经过机修车间工人们的共同努力，我们加班加点了近半个月，就全部完成了十几辆改进后的三轮滚珠轴头车，一一交到了染色车间老师傅手里。他们使用起来都觉得轻松多了，频频夸赞我们为染色车间做了一件好事实事，减轻了他们的劳动强度，促进了生产，就这样我提出的技术革新第一炮打响了。

我们在技术革新初见成效的时候，决定要趁热打铁，毫不犹豫地将技术改革深入进行下去。在调查摸底中，发现工厂由于设备老化，"三漏"现象常有发生，这完全是在浪费，我们还发现染色车间装有 24 个烘筒的单面烘干机，有近一半的烘筒漏气，在"增加生产，厉行节约"的原则下，我们的目光还是针对染色车间存在的问题。为此，我们提出的第二个改革方案是："杜绝染色车间单面烘干机的漏气问题。"

当时我看到染色车间，装有 24 个烘筒的单面烘干机，有将近一半的烘筒漏气，造成了很大的浪费和经济损失。我就向厂领导建议，将那些漏气严重的不锈钢波纹管，改为用紫铜管替代的方法。我把这个想法和设计图纸交给了施厂长，当施厂长知道一只不锈钢波纹管要 100 元，而为杜绝漏气改造后的紫铜管，只要 15 元 / 只，而且不大会再出现漏气的情况，觉得这是既能促进生产，又能节约成本的大好事，感觉到我的技改方案切实可行，就极大地支持我的第二个技术改造项目。这时，车间领导和同志，也对我刮目相看，十分支持我。就这样，我和沈骏发、沈威如、董兆林、吴炳欣等机修工，各显其能，共同努力，大家用了很短的时间，完成了这个一直使人头痛，也一直使人感到无可奈何的技改工程，杜绝了染色车间单面烘干机漏气的老大难问题，得到了领导和工人的赞扬。

由于我们的努力，在工厂的技术改造和技术革新方面，作出了引人瞩目的成效，同时也取得增加生产，节约成本的实效，为此，印染厂领导给予我和沈骏发、沈威如、董兆林四人特别嘉奖，因进厂时，我们都属于普工，每月 23 元工资。在不到半年时间里，厂领导对我们四人破格提升，从普工晋升为一级工，每月工资增加到了 30 元。听到这个决定以后，我们高兴极了，主要是我们的成绩得到了厂里工人、领导的认可，也是我们紧跟形势，为工厂的发展尽到自己的一份努力，一份责任。此后，我与沈骏发、沈威如、董兆林等知青工人，经常在一起工作，互相配合，互相支持，成为同事加朋友的关系。他们跟我一样都是下乡知青，现在我仍经常回忆起 30 年前和我一起为湖州印染厂技改奋斗的他们。

沈威如：在机械电气方面有专长，他以大家公认的"小聪明"而出名，在他手上样样会做。20 世纪 70 年代末期，是市场物资特别紧缺的时期，购买电风扇要凭票，他就带领农机厂的工人敲敲打打做起了电风扇。后来他上调到城市，自己与亲戚家的电风扇，都是他自己动手做的。他会做锭子、绕线圈，连漆包线都是自己绕的，电风扇的风叶和风罩，全是他手工敲打出来的，做好的电风扇跟当时比较紧俏的"海鸥牌"电风扇，除了油漆差一点外，其他都是一样实用。后来，由于印染厂设备技术改造特别忙，我建议厂部把沈威如调入设备科做技术工作。

董兆林：他的个子比较矮小，但身体肌肉特别健壮，一直是农村出色的拖拉机手，又是拖拉机的修理师傅，特别对四冲程柴油机工作原理和操作方法，容易出现的机器故障原因和排除故障方法很是精通。印染厂机械的复杂程度，远没有柴油机大。他另一个特点是胆子特别大，不怕高空作业，根本没有恐高的概念。我也同样胆子很大，很小时就学会爬很高的大树，跟着泥工师傅爬上大庙屋顶修理。当年，我们在印染厂10吨锅炉技改过程中，负责对钢质烟囱制作安装，我们两人一起爬到50多米高空操作安装，一点都没有感到害怕。有时我们新进厂的知青机修工，会在下班后聚在机修车间比谁的力气大，比试用肩膀的力量能挑起多少斤重的担子、能够行走多少步的较量。我能挑起220多斤重的两堆铁块行走10多步，董兆林能挑起260斤重的两堆铁块行走10多步，他可以说是知青工人中的大力士。

沈骏发：与我一起进"湖通技校"学习4年，练得一手车工好技术，带了好几个徒弟，其中一个女徒弟跟他学车床好几年，后来两人恋爱结婚，成了终身伴侣。我们在改造卷染机的集体传动为单机传动中，他设想用横臂钻床放慢转速，对减速箱进行土办法管孔加工，取得了成功。他工作积极，不怕苦、不怕累，长期加班加点，没有好好休息过。每年的年终大会上，他都被评为先进工作者。有一年，他将多年因加班积攒下来的100多天的加班条，无私奉献给厂部，得到大家的普遍认可与赞扬。为了弘扬他那无私奉献的精神，厂部特推荐他到上级部门，将事迹报送到省总工会，1991年他获得全国"五一"劳动奖章、被评为浙江省劳动模范。

第 4 章　在设备技术科啃下一块块硬骨头

不久，在 1979 年年初的一次全厂职工大会上，施锡荣厂长介绍了全国改革开放的大好形势，并指出我们湖州印染厂，一定要超额完成市政府下达的生产计划和出口任务。大家情绪激昂，意气风发，决心大干一场，要将党的十一届三中全会提出的"以经济建设为中心"的战略决策落到实处。

当时，湖州印染厂已经是一个灯芯绒出口创汇的重点工业企业，出口创汇那时是一块响当当的牌子，在改革开放的初期，受到地、市、主管局等各级领导的关注。当时民众中有一句"鞭打快牛"的口头禅，在这样的大好形势下，上级要求我厂多生产出口灯芯绒，多创外汇也在情理之中。为此，当时印染厂领导的压力也是很大的，主要是上级要求多生产、多创外汇，与工厂的各类设备陈旧落后不适应；其次是生产外汇产品要求高品质、高级技术人才缺乏。为此，工厂领导采取大胆地从技术工人中选拔技术人员外，还千方百计向上级领导要求，引进中、高端技术人员。

记得就在厂部召开的那次全厂职工大会结束前，施锡荣厂长在大会上给我们介绍了一个人，他是鱼鹤海工程师，是通过组织关系，从湖州化工厂调到湖州印染厂，担任湖州印染厂设备技术管理工作。后来鱼鹤海也在大会上说了一些组织需要、印染厂需要，才派到这里来，一定要与大家一起搞好企业之类的谦虚话。我心里想：真正内行的领导要来管理湖州印染厂的设备和技改了，那是一件大好事。

后经印染厂党委、厂部公布，鱼鹤海被任命为湖州印染厂党委委员，行政上是设备科科长。鱼鹤海科长，有1.7米的中等个子，瘦瘦的脸，长期穿一件夹克衫。他是化工专业的老专科生，学校毕业后分配到湖州人民布厂，后因专业不对口又调整到了湖州化工厂，一直从事对口专业的化工设备管理工作，后因湖州印染厂的发展需要，施锡荣厂长的多次要求，通过上级组织调到了湖州印染厂。那时我也进厂半年了，在施厂长的推荐下，我也调进了设备技术科工作，因此，他是我们设备科的直接领导，我充当了鱼鹤海科长的助手，也是设备技术科科员。

鱼鹤海担任设备技术科科长后，大刀阔斧地进行了设备技改，全面细致地编制了湖州印染厂的设备技改方案。设备技术科分两块，一块是设备，设备管理还有一位老技师，叫邱维昌，技术不怎么过硬，因而在机修队伍中威信不高，工作很难开展。我和鱼科长的加人，对他来讲，许多机修技术人员提出的难题他可以金蝉脱壳，一切指向我们，说起邱维昌人倒是个老好人挺和气。另一块是工艺，由戈芳娣科长分管。戈芳娣是正宗的华东纺织大学毕业生，是个上海人，也是当时在湖州市人才引进过程中，分配到我们这个小国企的。她高高的个子、瘦长的脸、白白的皮肤，一看就是一副知识分子的样子。她技术水平很高，那时我在纺织印染行业还是门外汉，对棉布纱锭、经纬密度、纺织织造工艺到印染工艺技术，一切都是一张白纸时，与我同在一个科室办公的戈芳娣，会不厌其烦地解答我的问题，让我有更多的机会熟悉和了解纺织印染的深奥技术。

我调到设备技术科上班以后，为了尽快地完成工厂的技改任务，就马不停蹄地开展工作。上半天要跑车间，到需要维修的设备现场，对要改造的设备一件一件地测绘下来，下午就扑在桌子上画图、描图，几乎在"连轴转"。因为工作量太大了，工厂特招了一名女青年奚晓燕帮助描图、晒图，每天都要搞到很晚才下班。

设备技术科在鱼科长的领导下，1981年年初，我的另一个大胆改造项目设想开始逐步形成了，就是把我厂的主要车间—染色车间集体传运的卷染机，改造为单元机传动。老设备很原始、操作不方便、耗电量高，这是一项颇大的工程，科室特写了"改革方案报告"给厂部，将改造的原因，改造的方案，连同这段时间我所测绘的图纸一起报送厂部。当时，改革春风劲吹，厂部也正需要大搞技术革命和技术创新，以加快计划任务的完成，没几天，厂部就批准我们的"改革方案"了。

厂部批准后，一副重担就压在我们设备技术科人员的肩膀上，鱼科长毕竟是"科班"出身，遇到这样的改革项目，慎之又慎，认真处事，一点都不能马虎。动手前，他带领我们作了一个改造方案的论证，分析用水、用电、劳动强度、产品质量各方面情况。觉得有利的因素有许多，特别是节电十分明显。经测算，原来一台30千瓦的电动机带动减速器通过连轴器再带动10多米长的主轴，然后通过角尺齿轮拖动8台染缸，每小时耗电需要30千瓦；而新设计的单元机，拖动一台染缸只需2.2

千瓦，8台同时运作只需17.6千瓦，改造后，8台机每小时可节电12.4千瓦。有时印染车间需加班加点的小批量生产，只需要开动一台卷染机加班完成交货任务就可以了，但原来要开启30千瓦大功率的机器拖动1台试样染色机，实在是太浪费了。这样的技改花钱不多，厂部自然会同意的。

当时，鱼科长和我的压力确实太大了，说是简单的传动件改造，而实际工程量远远超过大家的想象。单元机改造，其中改造的工艺技术含设计、翻砂、浇铸、管孔（机壳）、大齿轮、小齿轮、圆轴、轴承、油封环、联合器、连轴接、离合器等，这些都要精加工完成的。面对这种情况，我们只能背水一战。我们的主要措施，是联合和团结机修、维修部门的全部力量，群策群力，大家一起动手，充分调动人的积极因素。项目改造开始时，我们对整体工程与工序进行分工，做到统一指挥，分工合作。有负责金属加工的，有负责配件供应的，有负责铸件加工的。值得一提的是，我们所用的这些零配件，大多是从废旧仓库里挑拣出来，再进行改造利用的。由于我在机修车间工作过，一些废旧零件摆放在哪个位置，都记得一清二楚，可以说在脑子里有了个"谱"。

特别是在减速箱铸件箱体加工中，进行翻砂、清砂工序后，要送到金工车间管孔。由于我们没有相应的可加工的管床，为了节约到外单位管孔的费用，我们改造了在厂内的一台横臂钻床，用作代管孔的主机。这在当时机械铸件加工中，以横臂钻床改装用作管床加工，确实是工人智慧的一种创造，实际应用很少见，在机械制造的书本中是没有记载的。

当时我们充分发挥工人们的智慧，激发大家的创造能力，改进了过桥二级电动机，以大幅降低管孔转速，把常规的横臂钻床，以最低每分钟几百转的速度，再降低了 10 多倍，以达到低速管孔保持精度的要求。为了解决工艺所要求的精度，我们动用了车间内所有的设备，如 C630 车床、C618 车床、滚齿机、横臂钻床、B665 牛头刨床，把全部设备都充分地利用起来，足足花了 100 多天的时间，才把全部部件加工完成。

设备组装时，也花了相当一段时间。我们对每台染缸的传动部件都进行组装完成，等到星期天那天，第一场紧张的实地改造战役打响了。我们组织的 18 个机修人员，一大早就到车间，个个摩拳擦掌，一声令下，大家一起上阵，把印染车间建厂时，安装至今的集体传动染缸的轴、齿轮、减速机、电机等，一下子拆了下来。我们安排二人一组，分别安装 8 台"单元卷染机"，在早已浇筑好的水泥基础上装机架，又在机架上装上了新型减速机总成。就这样，我们度过了一个十分紧张的星期天，等全部机器安装好已经是晚上了。我们吃了晚饭后，又分别对每台染缸进行单机调试，一切都比较顺利，大家都长长地舒了一口气。待 8 台机器全部调试完成时，已是夜深人静了。

第二天上班时，我们即将 8 台改造完成的单元机，交付给染色车间的工人使用，工人们使用以后，都感到比较满意，不仅节约了用电，而且操作简便、安全可靠、可调节快慢，明显地减轻了劳动强度，有效地提高了工作效率，这是鱼科长调来以后所做的第一件成功的改造项目。第二个星期天，我们又重复上次的方式，合理安排时间和人员配合，把另外剩下的 6 台集体传动染缸也全部改造完成了。改造后的单元机，运行两个星期以后，它的优越性发挥得越来越明显了，完全符合当时"增加生产，厉行节约"的要求，而且灵活、方便、省工、省力，全厂工人干部都纷纷赞扬，我们全体机修人员也觉得很有成就感。

厂部总共花了20万元，共改造了14台单元卷染机，每台只花了1.4万多元。那笔投入的20万元的技改资金，粗算一下，每年可节省至少5万度电，不出两年就可以收回成本。那是在1981年年底，厂部为了庆贺对14台单元卷染机改造项目成功完成，在年终表彰大会上，我被评为工厂先进个人，机修车间被评为先进集体，由工厂领导向我们颁发了奖状。我在设备技术科一线岗位上的奋斗，坚持不懈地努力和开拓，在客观上也为我的进一步发展奠定了良好的基础。

1982年湖州改革开放的步伐越来越快，基本建设与经济发展速度加快，那时"改革开放""开拓进取""技术革新""大干快上"等时代的语言，成为政府机关、各行各业的"关键词"。从全国、全省、嘉兴地区、湖州市的整个大形势来看，也是紧紧围绕"改革开放"方针，朝着"经济建设为中心"的战略方向高歌猛进。1982年1月24日，浙江省委批复，同意湖州对外开放，使湖州市（即吴兴县范围）成为对外开放型城市。

上级这些精神和要求，很快的在我厂雷厉风行地贯彻落实了，其中有很多繁重的任务，都落实到工厂设备技术科，许多工作我们都是首当其冲的。在内外的这个形势下，进一步加强工厂设备技术科的力量，已提到了议事日程。1982年年初，根据我进厂以来的一贯表现，自己的能力水平，经鱼鹤海科长的提议，厂部批准提升我为工厂技术设备科副科长，成为工厂的中层干部。但是我充分预感到，我这个技术设备科副科长不是好当的，将会挑起更重的担子。

果然，不出我的所料，不久，厂部有更大的技术改造任务下达给了设备技术科。根据形势发展和外贸生产的扩大，全厂技术设备改造分成了两大块，一块是要大力发展染色灯芯绒产品，把日产不到6000米的产量，力争做到每天生产量达到2万米的要求。生产要发展，技术必先行，那就需要进一步开展技术改革，扩大灯芯绒的加工能力。当时工厂上马新建割绒车间，经过一段时间争分夺秒的抢建，一幢全新三层楼的割绒车间大楼昂然屹立在厂区，土建工程接近了尾声（注：土建厂房建设工程由胡廷庆副厂长分管，基建科姚永海科长负责已经完成的三层楼的割绒车间交付给设备技术科要安装设备了）。整个割绒车间要新增割绒机8台，前刷毛机4台，单面烘干机1台。其中单面烘干机、前刷毛机全部放在一楼，8台割绒机放在二楼，三楼计划安装印花台板。

工厂当时所要安装的割绒机，是灯芯绒生产流程中的必备机械。灯芯绒的种类很多。按绒条粗细不同，分为特细条（21条以上），细条（21条），中条（11条），粗条（6—8条）。（灯芯绒的条数是指在1英寸宽度中有几条的含义）

灯芯绒按所用原料纱线结构不同，可分为全纱、半线、全线灯芯绒；按加工工艺不同，可分为染色、印花、色织灯芯绒和提花灯芯绒（提花灯芯绒局部起毛，构成各种图案）。灯芯绒通过割绒机将毛圈割断，经刷绒整理后，织物表面就形成了耸立的灯芯绒绒条。组织采用两组纬纱与一组经纱交织的纬二重组织。灯芯绒绒条圆润丰满，绒毛耐磨，质地厚实，手感柔软，保暖性好。主要用作男、女、老、幼的服装、鞋帽，也宜做家具装饰布、手工艺品、玩具等。

工厂所要安装的刷毛机，它由 8 条硬板刷和 8 条皮带软板刷组成，8 条铝制的硬板刷上穿上猪棕毛，猪棕毛修剪成圆弧形，在刷毛时正好包合下边的直径 160 银筒（上面装刺毛皮）绒条朝上的割绒灯芯绒在马达传动的拖动下带动进人硬板刷横向往复运动与 160 银筒中间完成刷毛的工艺要求。然后进人 8 条皮带软板刷，即在横向转动的胶带皮带轮上装上许多个小板刷，进行割绒灯芯绒布上刷掉异毛，保持灯芯绒布的绒毛干净，树立一定的饱和度的工艺要求。通过强力刷毛后利用离心通风机负压吸风原理，来消除所需印染布匹上的线头、灰尘等杂物，这样能保证所印染产品外表的质量，提高产品的档次，刷毛工艺会使绒毛饱满，纹条清晰。

设备技术科的另一块技改任务，还是对工厂老设备的改造。当时国内印染行业，各大厂都纷纷试用了一种叫"纳夫妥冰染料"的机器染色，染大红颜色，特别鲜艳。当时，我科的戈芳娣科长，得知上海灯芯绒总厂，帮助安徽芜湖灯芯绒厂改造安装了一台纳夫妥冰染料染色机。消息传到我们的耳朵后，我们就立即组织人员去参观学习，想以此为借鉴，来迅速提高我厂的印染水平，紧跟时代的发展。

当时，副厂长姚培荣、设备技术科科长戈芳娣和我三人，一起去芜湖灯芯绒厂参观学习。我们到了芜湖灯芯绒厂，也顾不上长途跋涉、旅途劳顿，在该厂领导的热情接待下，并陪同我们迫不及待地到车间现场观看印染操作流程。

这时，一种从未看到过的印染新工艺技术呈现在我们的面前，这种印染新工艺分打底和显色两种工序，并有机地结合在一起。当我们看到染好的灯芯绒，从落布架上徐徐落下来时，显现出来的大红灯芯绒颜色，觉得特别的鲜艳亮丽，我们感到真是大开眼界。我仔细地询问与观察整台印染机，整个设备由打底、汽蒸、显色、皂洗、水洗、烘干等工序组成。

结合我们工厂的印染设备，与芜湖灯芯绒厂的印染设备进行分析比较，发现我厂主要缺少前面打底部分的这道工艺。芜湖灯芯绒厂的印染设备，是由进布架—打底机—透风显色—J型箱—烘干机这些工艺段组成的。在参观完毕回湖州的路上，我们还一心想着如何赶紧改造我厂的这台已显得落后的印染机，一边讨论商议如何将我厂的这台印染机利用好，一边商议将我厂的老设备怎样改造，并排队摸底，将需要新买的一些配件，像"不锈钢导布轴"，要配置的2个打料桶，建一个冰库等问题，等回到厂里，一个新设备的工艺流程框架已经形成了。不过事后我想想，去了芜湖似乎缺少了点什么，因为一心都想在工作上，芜湖的风景区没有去游一游，甚至连街上都没有去看看，真是错失良机。好在在住宿旅馆里看到了介绍芜湖市历史名城的概况。

第二天一大早，我一回到科室，就扑在桌子上画起打底显色机的工艺流程图，到下班前我把所画的图纸，与一同出差的戈科长一一沟通。定局后，我用三天时间，将改造印染机的总图纸，拆分成许多加工图，和需要外购零件的清单，并做了资金预算，上报厂部。没有多久，厂部就很快地将我"纳夫妥冰印染机的方案"批下来了，通过半个月的努力改造奋战，一台新颖的印染机终于在800平方米的厂房里安装完成了。

这台改造后的新颖染色机，整个调试过程由戈芳娣为主负责。戈科长专门召集生产工人，进行了现场培训讲解，交代了操作要领，并与大家一起，做了二三次调试后，就基本能稳定生产了。调试那天机台边上涌满了各车间领导到现场观看，厂长、书记也来了，当元宝车的布匹齐齐地通过进布架，进入打底轧液轧车后，布进入装满导布轴的烘箱1分钟，布匹出蒸箱后需要迅速降温达到工艺要求的温度，进入J型箱。然后进入显色工艺，达到客户指定的要货颜色，站在机器旁的各位领导也议论纷纷，这台机器和这种工艺正常运行将会使印染厂改变单元机生产外销产品，这项改为连续生产的工艺技术是一次重大革命，连续化生产产品将能提高产量、提高质量、降低成本，而且染色的色泽新颖深受外贸客户喜欢。

这种纳夫妥冰染料，在我厂生产了10年以后，国际纺织权威机构认定，这是一种有害人体健康的染料，以后就被禁止使用了。不过这10年时间，我厂为湖州的出口创汇作出了引人瞩目的成绩。以后，我们听取国际纺织权威机构认定的意见，改用了其他的卫生环保染料，继续生产我们的产品。

第 5 章　大型煮炼漂联合机的诞生

1982 年 6 月 12 日，嘉兴地区行署颁发了《嘉兴地区科技成果奖励办法》，以进一步调动科技人员和广大群众开展科学研究工作的积极性，促进科学技术事业的发展。这些对知识分子的政策，通过各级市委、县委层层落实到了各科技部门与企事业单位。

我厂在前期技术革新大见成效的基础上，1983 年年初，当时作为高级知识分子的鱼鹤海科长、戈芳娣科长还有马再荣、路志荣等有学历、有职称的知识分子的积极性特别高。鱼科长与我这个也带有"知"字头的知青副科长商讨后，萌生出一个"自制一台平幅煮炼漂联合机"的方案。纳夫妥冰染料的联合机投产后，全厂上下都有强烈反应，机器大型化连续化生产的呼声很高，它最大的好处就是减少劳动用工，提高生产效率，节约生产成本。而且省内的杭州印染厂、宁波印染厂、金华印染厂都相继购买了新型大型化的联合机。外贸公司领导和外商看到我们厂干部职工的精神面貌特别好，但是到车间一看我厂的设备太差了，那是无法与其他厂家相比的。厂内外都迫切需要将设备改变面貌，我们设想在 800 平方米主车间的旁边搭一个辅房，自制组装一台大型煮漂联合机。需要自我设计，自我制造与施工，自力更生生产出这台"链带式煮炼漂一体化大型联合机"，这是前所未有的一项巨大技改项目。

当时，我和鱼鹤海科长的技改任务已经是十分繁重了，鱼鹤海科长还要分管负责一个投资980万元的新改造工程项目，该项目在厂区的东面，靠小西街旁新建了一幢长48米、宽36米，面积达1800平方米的锯齿形标准厂房。在这幢新厂房的内部，根据灯芯绒向宽幅产品发展的需要，厂部又购买了一条阔幅染色灯芯绒生产线，其中有打底机1台、阔幅641显色皂洗机1台及阔幅煮炼漂联合机。这样，全厂生产设备分为阔幅灯芯绒一条线、窄幅灯芯绒一条线的整体布局。工厂改革安装任务十分繁忙，但工人们的干劲与信心十足，对前程充满了美好的希冀，整个厂区呈现出一派大干快上、欣欣向荣的大好局面。

煮炼漂联合机的技改项目自然落到以我为主体去负责了，现在回忆起来，当时我们在窄幅生产线完善配置过程中，确实是有点"胆大包天"我们的机修车间，主要是承担对厂内机械的保养，修理；我们设备技术科的主要工作，就是对厂内设备技术的革新，引进新工艺、新技术、新设备，并没有制造大型机械设备的任

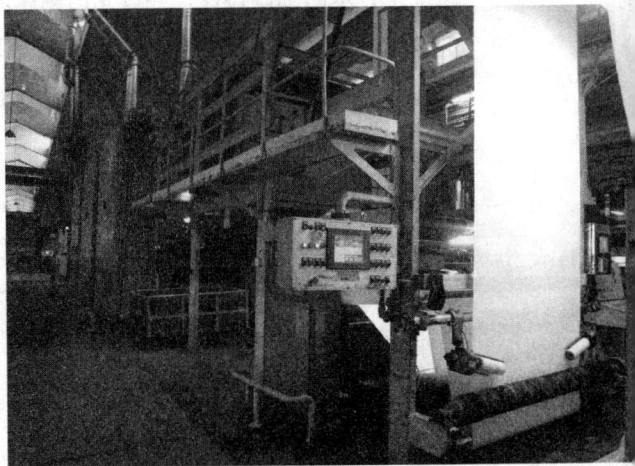

煮漂联合机

务。若在哪个环节发生问题，或在制造过程中发生工伤或死亡事故，那将是一件不可收拾的事情，不仅吃力不讨好，还会弄得身败名裂。不过当时，我们一点儿都没有考虑这样的后果，唯一的想法就是如何使我们的印染厂紧跟改革开放的大好形势大干快上。也许，这是我们这些知青，在下放农村的艰苦环境中所磨炼出来的不怕艰苦勇往直前的精神。我们没有多想什么，而是知难而进，大家都献计献策，充分利用厂里的陈旧机器设备，把原厂里早几年购买好的一台六格水洗机和一台三柱烘干机充分改装利用起来，又增添了一台氯漂（次氯酸钠）机和自制的一台"窄幅链带式平幅蒸煮箱"。

特别是我们在实际进行施工制造那台"链带式蒸煮箱"的过程中，大家打破常规，同心合力，用钢板制造链带式平幅蒸煮箱（规范的同类设备全部采用铸件翻砂）。是一批 1 平方米至 2 平方米的翻砂铸件，经过龙门刨床加工成标准单件块组合起来，共有几十块加工铸件组装起来，形成了一个长 14 米、宽 1.6 米、高 3 米的庞然大物。常规的这类设备，很大而又十分沉重，若请专门厂家改制，那加工费一定很高、加工时间又长、难度大；若到机械市场去买一台新设备，每台大约要 20 万元。为了达到多、快、好、省改造"煮炼漂联合机"的目标，我们又一次汇集大家智慧，采用"蚂蚁啃骨头"的毅力，全部由自己采用土法上马的办法完成的。

我们通过几次认真的可行性方案讨论，提出了一些困难与问题，充分研究了解决问题的方法。特别是上下左右链带主轴的同心度，是一定要满足对称、平衡这个要素。同心度要求高，将来运行不会造成棉布走偏现象。为了防止出现这类问题，后来我们采用了 10 毫米厚的大面积钢板先合拼定位，再把十多个需双向同心轴端盖确保定住后，再把两大块大面积钢板分开来，以此来确保质量的要求。我们在 14 米长、1.6 米宽、3 米高的两块大钢板的金加工过程中，克服了翻身搬运、调整同心度等方面的困难。链带式煮炼机内部结构也比较复杂，装在箱体内的链条是一条 10 米长两端由 2 条主轴带动大链轮，大链轮推动 180 毫米的链条有 200 多节，链条的单板上装上几百块不锈钢链带板，设备运行时上面堆满了几千米灯芯绒布匹，在箱体高温蒸汽的压力下进行煮炼一个多小时，主要是去除灯芯绒布匹中的天然固胶、杂质，提高灯芯绒后道的上色率。这台蒸煮箱设备现场操作的同时，其他的三组水洗、氯漂、烘干三个单元机，我们也组织力量全方位地在进行安装施工。在安装高峰时，现场有 20 多个机修工，都是白天黑夜加班加点地在那里艰苦奋战。记得当时我要面对三个小组 20 多个机修工、辅助工在设备制造安装过程中提出的各种技术问题。我习惯地会拿出衣袋里的石笔就地绘草图告诉他们，解决他们提出的技术问题。那时候根本没有时间在办公室里绘正规的零件加工图，久而久之这台 50 米长的大型联合机旁边的水泥地上到处都可以看到用石笔画的技术方案、工作计划、大大小小的零件图。

　　我们经过三个多月的苦战以后，这台近 50 米长的庞然大物"煮炼漂烘联合机"，昂然矗立在新搭的一个 400 平方米临时厂房中。因厂房长度不能满足机器长度的要求，我们只得又向东边延伸，搭建了 48 米 × 8 米的石棉瓦厂房。这样的拼接办法，使这个车间可达到长度 60 米、宽度 8 米，实际面积就达到了 480 多平方米，在当时的形势和环境下，也许这就是能够得到上级赞同的"因陋就简"，既节约资金，又能够加快生产，达到保障出口的一个"创举"吧。

我们的艰苦奋斗，换来了整机联合调试的日子。那一天，全体参战的机修工人，特别是各单元机负责安装的沈骏发、沈威如、董兆林、胡树兴、朱炳发、冯玉林这 6 位老师傅，带领其他机修工和徒弟在现场指挥。此时大家的心情都有些紧张，生怕自己所负责的机械出什么纰漏，都坤长脖子等待那关键时刻。鱼科长与我，心中也是忐忑起伏，焦急地等待各单元机的调试成功。这时联合调试开始了，我们把需前处理的产品，从进布架进人到平幅链带煮炼箱，经过六格水洗机到次氯酸纳浸轧槽再进人 2 组 J 型箱，达到工艺时间要求后，再经过水洗到烘干机，完成了整个煮炼、水洗、漂白、烘干的过程，经过检验，完全达到了工艺要求的标准。这真是印证了"宝剑锋从磨砺出，梅花香自苦寒来"的这句哲语。我们付出的辛勤劳动，我们的心血和汗水，终于结出了一个丰硕的果实。这时，全体机修工人欢喜雀跃，大家互相祝贺欢庆。我与鱼科长也长长地舒了一口气，几个月的奋斗总算有了成绩，标志着我厂又完成了一项重大的技术改造任务，这项重任锻炼了机修工人的技术水平，树立了机修工人顽强的拼搏、开拓、创新精神，也给全厂工人干部留下了一个良好的印象。不过，在我与鱼科长的心里都很明白，这项任务的圆满完成，也预示着另一项新的任务开始，事实也正是如此。

第6章 机修队伍的全盛期

那一年我们的技术改造任务特别重，下半年又需要安装一台十吨链条锅炉，是由上海四方锅炉厂生产，由杭州安装公司负责安装锅炉，以替换工厂原来的一台六吨沸腾炉。要求我厂设备科所要做的就是在配套方面的辅助工作，说是辅助其实是一件十分艰巨的工作。具体要我厂机修车间负责60米高钢管烟囱的制作安装任务，这也是一个庞大的工程，不能"等闲视之，失吾大事"。

我厂原有的那台炉为六吨沸腾锅炉，沸腾炉燃烧方式既不是在炉排上进行的，也不是像煤粉炉那样悬浮在空间燃烧，而是在沸腾炉料床上进行的。工作原理为高压空气通过均风箱，由一次风的动压头变成均匀分布的静压头，从风帽上的微孔高速高压吹入炉内，使其在烧煤的过程中沸腾床形成气垫层，将粒径 0mm—10mm、料层厚度 300mm—500mm 的煤粒全部吹起并上下翻动。此时，沸腾料层的燃料与含碳量为 1% 至 2% 的灼热灰渣充分混合燃烧，温度一般可达 950℃，相当于一个大蓄热池。料层中 0.5mm—8mm 的颗粒不易被气体带出燃烧室，能较长时间停留在沸腾料层中直到燃尽。沸腾炉能使低热值劣质燃料完全燃烧，燃烧反应迅速。其突出的优点是：对煤种适应性广，可燃烧烟煤、无烟煤、褐煤和煤研石。然而，我厂的沸腾锅炉，由于年久失修，正如我在上述提到的，经常出现故障，引起全厂停工，乃至出现连锁反应，引发电路电器等毛病，加上工厂不断发展，上层领导同意技改，决定新安装一台十吨链条锅炉。

链条锅炉是在沸腾锅炉基础上，增加了旋风分离器，把烟气中没有燃尽的大颗粒飞灰捕捉下来，返回炉内继续燃烧，提高了锅炉燃烧效率，截面热负荷是沸腾锅炉的 2—3 倍，炉膛内温度均匀，大气污染物排放低，燃烧效率高（可达 99% 以上），它是在沸腾锅炉技术上的进步，具有更优越的性能。为此，当时工厂因吃尽了那台旧沸腾锅炉常出故障的苦头，所以选择了十吨链条锅炉，替换了那台六吨的沸腾锅炉。

不过，后来人们将沸腾锅炉与链条锅炉进行比较，还是认为沸腾锅炉燃烧效率高，煤种适应范围广。而链条锅炉效率低，对煤种要求高。目前，人们对燃煤锅炉已不再推荐链条炉了，这已是后话了。

当时，我们机修车间负责 60 米的钢管烟囱制作与安装这个庞大的工程任务，我作为工厂设备技术科的副科长，也是首当其冲，一切都要想在前，干在前，还要考虑安全生产与安装程序等多方面的事项。我到现场察看，安装钢管烟囱的现场场地小，不到 100 平方米。为了完成这项烟囱安装任务，我们等水泥基础浇好保养到期以后，先将直径 1.6 米、高度 60 米的烟囱，用卷板机把 8 毫米厚的钢板卷成圆筒，截成 1.2 米高度一节，把每 5 节焊接成 6 米的一长筒，然后用 10 个 6 米的长筒，一节一节地用起重机叠加平整后逐节焊接，最后完成 60 米高空烟囱的安装任务。

高空烟囱安装正式开始了，我们先后用吊车分成9次吊装焊接。为了从安全出发，在安装烟囱位置的周边，搭起了坚固的脚手架。先把每节6米的烟囱移位到脚手架上，再从脚手架上平移到要求焊接的烟囱长筒，对接好后，再进行焊接。烟囱要求用立焊方式焊接加工，就这样以愚公移山的方式，一节一节向上拔。烟囱升到54米高空移位焊接时，人站在高空向下看，已经有胆战心惊的感觉了，况且在高空焊接，烟囱横向晃动也是很厉害的。机修工董兆林，他个子矮小，但胆子特别大，爬在高空沉住气，稳稳扎扎地站在那里精心焊接，始终专心致志地保持着良好的工作状态。我们两个人，始终战斗在安装新烟囱最高最危险的高空第一线，完成了所有的安装作业。当时，我们湖州是找不到有大吊车来吊烟囱的，另一方面也是为了节约建筑成本，所以这些活，都是我们那些印染厂知青机修工和部分外包工协助一起完成的。

在我主持的全厂设备技术改造中，也曾受到少数老机修师傅的指责和提出不同意见，他们认为，哪个安装设备有偏差，哪个设备技改设计上有些问题，将来机器会开不出来，造成设备故障或报废。我听后也很难过，我在设计前征求过大家的意见，也得到极大部分机械技术人员的认可。老机修师傅的意见有些是对的，有些意见也不一定全面，不过对我来说，在思想与行动上，是一个很好的警示。

施锡荣厂长听到一些不三不四的闲言杂语后，有时也跑到我的身边，语重心长地对我说："瑞林呀，你搞新设备改造，特别要注意哪！全厂干部、工人，几百双眼睛都在盯着你，成功了大家欢喜，稍有闪失，就很难向国家交代了。"有一次，在联合煮炼漂机的最后一个烘燥单元机，染布进烘干前的大轧银的转动，出现逆、顺两个不同方向，有的老师傅就出来批评，认为转动方向错了。面对这些问题，我一方面做出了合理的解释，不过从接受、尊重老师傅的意见出发，我也作了一些适当的调整，来缓解一些矛盾。同时我也向老厂长表达感谢之意，因为我开展技改以来，他一直以关心、信任的态度支持着我。此后，我也更进一步严格要求自己，告诫自己做事要仔细、仔细、再仔细！我非常敬佩施锡荣厂长，是他提拔我走上印染厂的设备管理岗位，在湖州印染厂的多次设备技术改造中得到他支持和肯定，并对我提出很高的要求。他是湖州印染厂值得尊敬的老厂长。我深深记得 1982 年年底他在光荣退休，离开湖州印染厂的一次中层干部会议上的告别之言，老厂长施锡荣心情十分激动地向大家讲了许多话。他说，看到湖州印染厂蒸蒸日上的发展势头很是高兴，希望年青一代干部，在新的改革开放的大好形势下，勇于开拓，挑起重担，带领工厂全体职工再接再厉，争取更大的成绩！会上他也对新厂长姚培荣和我，都提了许多希望和要求，作为老厂长情真意切、诚恳感人的临别赠言，让我心情激动，百感交集，在脑海中不时地浮现出老厂长呕心沥血，以身作则，把厂为家那"旱既大甚，则不可推，兢兢业业，如霆如雷"的工作精神。他带领大家把这家印染小厂，发展成为湖州的一家重点外贸出口企业，湖州十六个重点工业企业之一，真是功不可没。

到 1983 年年底湖州印染厂的最后一个投资 980 万扩幅生产

线的设备安装任务基本完成，这标志着我进湖州印染厂整整六年的老厂技术改造任务告一段落。全厂机修团队克服困难，顽强拼搏的精神为湖州印染厂发展做了大量的贡献，同时也提升了自己的技术水平，学习了许多新知识，增强了各自的技能，这些经验和知识对许多机修工人在日后各自的新岗位上发挥了极大的作用。这几年，是湖州印染厂发展的全盛时期，也是技术改革创新的高峰。为了补充机修工人的力量，工厂从外地、外单位又招收、聘请了像电工乐军工程师夫妻，从湖州人民布厂调人王骏民等技工，还从三线工厂调人厂里有胡树兴、王晓堂、张家华等技术工人。在厂内又开展了以知青老机修工带新工的措施，还招收了冯健、邱忠刚等5名新工充人机修工队伍。同时又新招了杨福根等几名大学生，分配到设备技术科工作。组织上的这些有力措施，大大加快了湖州印染厂的扩建工程和技术改造项目，对我厂扩大生产能力，开发灯芯绒产品，起到了积极快速的推动作用。

　　由于在1983年期间，印染厂机修队伍一下子增加了大批人员，厂部又将锅炉车间、污水处理站几个部门的行政技术管理人员也划给了设备技术科管理。这些人员有外地区调人的，也有本地区招收的，还有企业内部培养的，有年龄差距，也有技术差距，因而也经常出现一些技术意见分歧，都互不相让；还出现过由分歧到小派别的现象，严重影响技改和设备维修工作。如机修车间主任胡树兴，生了个络腮胡子，脾气很急躁。他原为兵工厂技术工人，从广西梧州三线兵工厂调来的，优点是车床加工技术好，但常摆"老资格"，对设备技术科下达的任务，先叫苦，说完不成；还会说配件跟不上，一度配合较差。这位同志的主观性较强，脾气躁，常对别人发火，说话很冲人，许多车间人员对他意见很大。为了改变这个状态，我经常下班后做他的思想工作，苦口婆心地说服他，希望他能服从大局，关心部下，团结同志，改进脾气，求大同，存小异，他很乐意地接受了我的劝导。有时我还叫支部书记吴炳欣对他多做政治思想工作。经过一番努力，机修车间很快地改变了面貌，干活大家冲在前，加班加点不叫苦，常能够出色地完成领导交办的任务，好几年的年终评比，都被评为先进集体和先进个人。

另一件事，是为了电气工程师乐军。他是湖南邵阳纺机厂调入我厂的。由于他的到来，全厂逐渐在电气设备上由普通电机，开始向直流电机的创新发展。我厂当时大多是传统印染设备，是由许多单元机，采取角尺齿轮集体转动的。单元机传动由交流电机向直流电机改变，是创新电机转动方式，具有革命性的产业创举。从技术上讲，当时普通交流电机有二极 2800 转 / 分、四极 1400 转 / 分、六极 960 转 / 分等型号，其最大缺陷是一开机就高速运行，印染布在平幅水洗时会产生热胀冷缩而造成皱布，影响质量。联合机由几十个电气单元组成，直流电机通过传感器的信号传递它可以调节电机速度的快慢，使印染布在运行中确保不起皱而不影响产品质量。新发展的直流电机，开机后转速可以慢慢上去，与单元机可以同步匹配起步，在印染中可以大大减少棉布在机器运行过程中产生的皱条、疵布，以提高印染质量。

乐军是这一方面的专家，他的到来为工厂发展起到了很大的作用。但是这个正规大型国企专业厂出来的专业人才脾气很固执，办事很死板，电气设备改造，需要根据企业的实际，包括财力情况、现有条件和设备需要，有计划、有步骤，按照轻重缓急，有规划地进行。但在他看来，非要一次性地完成由交流电机向由直流电机进行技改，才能达到提升全厂产品质量的目标。我对他也做了大量深入细致的思想工作，告诉他改革要根据工厂的实际情况出发，不能只按自己良好意愿，在缺乏物质基础时切莫急于求成。这样他也理解了我厂的实际。同时我也非常关心这个外省带着夫人一起来到我们工厂工作的知识分子，建议厂部安排了厂里一套较好的房子给他安家，还经常去看望他们，关心他们，并讲一些企业现阶段的困难状况，他才慢慢地在工作上与我达成共识。

自从鱼鹤海来厂我当他的技术助手以后，工厂内的设备管理和技术改造一直都比较顺利，他技术功底较深，总是默默地苦干，是一个勤奋好学的知识分子，虽然他所学专业不同，但他能很快地胜任管理工作。他也是一个工作狂，个性也比较固执，他认为对的东西，有时也会与厂部领导顶撞。我们经常会在下班后讨论某一个技术问题或明年的工作计划等，经常会忘记下班时间。他比较关心工厂内外的一些重要事情，他是化工压力容器设备专长，正是我以前没有学到的。那时候，我一有空就向他请教。如十吨锅炉的煤燃烧工艺流程，大气压力的计算，锅炉适应哪种煤，多少大卡最适合，还有水冷壁管道的承水压力，磨损时间，维修管理要点，安全阀的控制，飞灰、炉渣的处理和利用等，鱼科长都会耐心地向我介绍。锅炉一有维修任务,他就会把我叫到现场,手把手地将技术传授给我。他既是我的科长,也是我的老师。在机械精加工方面,我有一定的长处,他也很认同。我们在设备技术科共事的几年中,准时下班的日子几乎很少很少,如今我对这位知识分子的形象、个性还记忆犹新。

第7章　在种种考验下不断成长

1984年元旦前后,湖州迎来了许多年没有见到过的一场大雪,整个街路、房子的屋顶、树木、电线杆上,都积起厚厚的白雪,银装素裹,白雪皑皑。这时,一个抗雪救灾运动在全市打响了。湖州印染厂是一个重灾区。因为厂内破破烂烂的房子多得数也数不清,大雪连续下了十多天,第一天雪不大就倒塌了一些小临时厂房。厂部接到市气象台的通知后,知道全市要连续下大雪了,立即成立了由厂长为组长的抗灾领导小组,为了保护厂房、保护设备,我们设备技术科成为首当其冲的部门。

我们设备技术科、机修车间几十个人,成立了一个抢险队,对各种房子都排查一遍,特别高、无法处理的像800平方米染色车间就停止生产,抢险队对比较低矮的房子,能打撑的都打起了撑。但连续几天过去,天空的雪花一直飘飘洒洒,漫天飞舞,厂房屋顶都是厚沉沉的积雪,而且越来越多,有的房顶积雪已经超过了一尺高。全厂最担心的是600平方米的那座玻璃钢大仓库，里面存放着几十万米的出口成品染色灯芯绒。几天的大雪厚厚地压在仓库顶棚，走到仓库屋内看看，有几次快要倒下来的状况，厂长姚培荣更是心急如焚，怎么办？怎么办？最后，厂抗灾领导小组决定要攻其重点，准备了许多梯子，人爬上去设法用冲热水的方法融化积雪，让雪形成大块向下掉，但这点热水在大面积积雪的屋顶上，只是杯水车薪，无法融化积雪。后来只好在600平方米面积的大棚上，找到顶层最危险部位的积雪向下揪，逐步减少了顶层的压力。另外还在屋内最容易倒塌的梁下，增加了许多木撑和毛竹撑，成为屋内抗雪灾的一个土办法。

那年的大雪真是厉害，纷纷扬扬连续下个不停，我厂老化的厂房、新搭的临时房，都随时可能发生屋顶倒塌的现象，这会造成许多人员的伤亡。当时我与董兆林、胡千华等10多名抢险队员爬在7米多高，一个半圆形的面积600平方米仓库大棚屋顶上把雪，房子又高又陡，顶上又十分湿滑，没有支撑点依附，随时都有会滑下来造成伤亡的可能。但在大家的群策群力下，多种方案同时努力并用，最后还是在老天爷的眷顾下（十多天后大雪停下了），这个重要的仓库终于保持没有倒塌，使保存的大量外贸交货产品完好无缺。

可是，在这抗雪救灾的过程中，设备技术科的王文骏同志，为了抗雪救灾牺牲了。王文骏是上海人，大学毕业后分配到印染厂设备技术科工作，在我们的科室里安排做一些辅助工作。工作还不到三个月，就遇到了湖州这场空前未有的大雪。他参加了煤场老仓库的屋顶把雪，那仓库房子有5米多高，他爬在

3 米多高的屋上耙雪时，一不小心就滑下倒在地面，摔伤的部位在脑脊骨上，其他的同志见状，急忙用担架将他送到医院抢救。医生检查后说，他摔伤的部位不好，是在总神经骨上的，有生命危险，并将他送到重病监护室。他在医院抢救期间，我们设备技术科、机修车间工人分班轮流值班守夜，湖州市总工会领导也来慰问他，希望他在治疗过程中有好转。但是在医院抢救不到 15 天他就失去了年轻的生命。

他出生在上海，刚结婚 1 年多，有 1 个小孩，只有 5 个多月，一个美满幸福家庭的刚刚开始。这样的不幸使他走过了"孟婆桥"与我们永别，大家在很长的一段时间里，一直为此扼腕痛惜。对这个本应该很幸福的家庭，因他为公救灾而招致的不幸，当然我们国企在处理善后工作时，是按当时最好的处理补偿标准安置的，除了一次性的补助外，他小孩的抚养金一直发放到 16 岁为止。后来，厂部在总结这次抗雪救灾的工作经验时，认为是不适宜爬到高屋顶面上去耙雪，这样太危险了，应该事先检查预测到各种危害，在容易发生事故的房屋内打支撑柱，这才是一个很好的土办法。

这次抢险救灾以后不久，我担任了工厂的设备科长，为了更好地为全厂的生产服务，我对科室、机修车间作出了一个如何保障生产运行的决定：就是"生产不停机，维修不断人，人离工具在，协调保高产"的工作规定。同时，制定了"设备为工艺服务，工艺为生产服务，生产为计划服务，全厂为外贸服务"的指导思想。我的这个"指导思想"是针对当时印染厂设备陈旧老化，故障频率高，停机检查时间长，白天遇到设备故障，各科室部门都在，随时检修调整都很顺畅；遇到晚上，若出现一台机器毛病，经常会使整个车间全部停工，造成这个车间半夜因故障而放假，严重影响了第二天的生产计划。但第二天查找设备原因时，维修工往往说，就是坏了一个小零件，需要电焊一下或需要小车床车削一下的小加工的事情。有时还为要到仓库领个配件，因仓库无人值班领不到，使维修人员不得不放弃维修，而造成整个车间停产的后果。

当时我的想法和建议出台后，我首先把自己家里的电话号码告诉到每个车间的班组长、车间主任。在半夜里可以随时向我家里打电话，告诉我是哪个车间的，出了什么设备故障，需要怎样修理。另外，我也要求全部维修工，必须在当班时将当天的设备维修任务完成。夜间的，需要半夜里金工、电焊工、仓库人员配合的，必须随叫随到。经过半年的试行，发生在半夜里，设备停机工人放假的现象就不再存在了，这使工厂生产计划的完成，得到了可靠的保障。

由于湖州印染厂的快速发展，外贸出口量的逐年提高，很快就成为湖州市重点出口企业之一。这个坐落在小西街的印染厂，一下子成为湖州市的著名企业，全厂职工、干部，人心鼓舞，干劲越来越大，全厂上下呈现出一派欣欣向荣的惊人喜象。这时，地、市两级政府与主管局领导，对湖州印染厂的要求也越来越高，有许多领导，三天两头地都要到湖州印染厂参观考察。听取工厂领导介绍后，都认为企业的现状和发展思路很好，同时下达工厂的外贸交货任务也越来越重了。

后来，上级领导来得多了，对湖州印染厂总体一看，发觉这样一个又破又乱的旧厂房及新旧设备参差不齐的现场，不大符合企业进一步发展的整体规划，也不符合城市发展的总体规划。印染行业又是重点污染行业，虽然在前几年也建起了污水处理站，但建在城市中心地带，会影响湖州市城市发展总体感观。于是，湖州市政府在1983年年底作出了"湖州印染厂搬出湖州市城区的决定"。决定在湖州西门外老杭长桥北境东部，划出一块120亩面积的土地，给湖州印染厂重新规划建设印染基地。当时我厂申报了一个1894万元的技改项目，很快得到了浙江省轻工业厅的批准（当时2000万元以上技改项目要中央批准，2000万元以下技改项目浙江省轻工业厅可以审批）。

在我厂大搞新厂建设项目，大干快上出口灯芯绒产品的高潮时期，我自己也迎来了一个政治生命的新考验。我清楚地记得在1983年年初时，成品车间沈云娥主任兼党支部书记找我谈话，她在肯定我进厂以来的一贯政治思想作风、工作表现以后，启发我要向党组织靠拢，能接受党的考验，争取加入共产党组织。她还表示愿意做我的入党介绍人。沈云娥同志是一名多年的老党员，她原是农村的公社干部，因印染厂扩大需要，组织上将她调到我厂当管理干部的。她个子不高，体质较弱，但办事原则性很强，看问题很尖锐，在工厂开展全面质量管理中，她通过调研与自己的工作实践，起草制定湖州印染厂棉布成品检验办法得到了大家的好评。

1982年11月，湖州印染厂一个宏观的大规划技改项目出笼了，厂内的领导班子也作了一些调整，施锡荣厂长光荣退休了。原工厂生产副厂长姚培荣，提升为湖州印染厂厂长。厂设备技术科科长鱼鹤海，在一年后从设备技术科调出，专门去负责计划投资 1894 万元新厂的建设项目。这个新厂项目，离老厂约有 2 公里路。我被提升为厂长助理，协助厂长分管生产。此后，我肩挑的担子就更加重了，人生的轨迹也从第一线的设备管理工作，逐步向生产管理、开拓经营方向发展转变。

中篇 担任副厂长时的全面开拓

1983年8月，国务院"撤区建市"体制改革的批文在我市传达，其中心内容为撤销嘉兴地区行政建制，将湖州、嘉兴市改为省辖市，实行市领导县的体制。

湖州印染厂1978年开始做外销灯芯绒，由上海纺织品进出口公司，上海服装进出口公司下单生产。直到1983年浙江相继成立了浙江纺织品进出口公司和湖州市纺织品进出口公司，企业外销订单饱满，生产发展平稳。

1985年湖州印染厂与中国纺织品进出口公司，浙江纺织品进出口公司联合投资湖州印染厂，发展了规模，增加了企业后劲，夯实了企业发展基础。

第1章 担任厂长助理

1984年7月初的一天，厂部通知我下午1点参加上半年度的生产经营工作扩大会议，会议安排在新建的北区大楼4楼会议室。我平时很少参加这类干部会议，一进会场看到书记吴文琴、厂长姚培荣、副书记臧克照等工厂主要领导，有经营科、计划科、统计科、财务科、供销科、企管科、安保科、基建科、宣传科、工会、设备科、机修车间、染色车间、印花车间、割绒车间、成品车间等十六个科室、车间的科长、副科长，主任、副主任参加会议。会议室里人头攒动，气氛热烈又严肃，似乎有重要事情宣布。

整个会场坐满了40多个人，大会由书记吴文琴主持。我一走进会议室，吴文琴书记特意向我打招呼，叫我在大会议桌的前排座位上就座。会议开始由姚培荣厂长报告了上半年生产经营情况，各产品完成计划目标情况、生产外销销售额多少、创外汇多少、产品质量合格率达到多少、还存在着哪些差距等。接着布置了工厂下半年的任务、努力方向、采取哪些有效措施，要注意防止哪些容易出现生产与经营上的问题。特别强调了要"外抓市场，内抓质量"，谈到了灯芯绒的出口创汇是工厂的重要任务，而灯芯绒的内在质量是保障出口创汇、提升品牌竞争力的重要环节……姚培荣厂长把生产经营的要求讲完之后，吴文琴书记向大家提了一些工作要求后向大家宣布一件事情：厂领导班子研究决定由许瑞林同志担任厂长助理的决定，姚培荣厂长也对我提出了一些工作要求，并要求各车间部门做好配合。

当天的会议结束前，我也向厂领导和各中层干部表了态，表示一定不辜负领导和大家对我的期望。但会议以后，我觉得担子很沉重，对一个工作经验不多，不太懂印染工艺，行业管理差距比较大，才进工厂六年的我，一直在问自己，能挑得起这个担子吗？

宣布我担任厂长助理的当天晚上，我几乎大半夜没有睡着，心里感到无比的激动，一种强烈的思想在推动着我要好好干，湖州印染厂有四百多人，比我工作时间长、工作经验丰富、学历比我高的同志比比皆是，却偏偏提拔我这个进厂仅六年，"上调知青"担任这一厂级干部，委实是对我前段工作的肯定，也是厂党委、行政领导对我工作的认可与信任，同时也是对我们知青那"经风雨，见世面，不为名利，不怕艰苦，坚忍不拔，勇往直前"的"知青精神"的一种赞同。为此，我决不能辜负厂领导对我的肯定与信任，一定要挑起领导交给我的重担。

在激动之余，我想得更多的是考虑怎样干，从何着手，应该先做些什么，工作怎样展开，思路比较乱，一时理不出头绪。当晚，耳听着床头柜上的闹钟嘀嗒、嘀嗒的声音，几次拉亮床灯，看着半夜1点、2点闹钟时针转动，听着不停的嘀嗒声，思维随着子夜流淌，顿时想起了两千四百多年前《论语》中，孔老夫子那"子在川上曰：'逝者如斯夫，不舍昼夜'"之记载，最为深切体会时间像流水一样不停地流逝，感慨人生世事变化之快。也真切感悟出"机不可失，时不再来"，抓好工作必须"只争朝夕"。后来终于有点头绪了，觉得自己要切实担当起这个重任，重要的一点还是先到各车间去认真学习，然后到各科室去认真学习，拜工人为师，拜各车间、科室领导为师，这是我应该走好的第一步。

第2章　下车间去学习调研

一夜没有睡好的我第二天一大早到了工厂，先到成品车间去学习。夜班的工人还没有下班，我就顺便先跟他们了解昨天的生产情况，如产量完成如何，生产了哪些品种，有没有出现设备故障等。

特别对验布机上的疵布检验方法，疵布用布边扯线的办法——问个清楚。过了一段时间车间主任沈云娥上班了，没多久车间副主任裘晓兰也上班了，她俩都是提前半小时上班。沈云娥一见到我就直说："瑞林呀，你现在要挑担子了，一定要好好

成品验布机

干哪!"我也顺势对她说道:"我刚当厂长助理,管理工作没经验,生产工艺与环节也不熟悉,我是到车间来学习的,希望你能够多多地帮助我,哪些做得不够的地方要多提醒我。"沈云娥见我要向她请教,忙说:"你以后要多来指导相互帮助,我们上下一心,共同把厂里的产品质量搞好啊!"她说着脸上流露出高兴、满意的微笑。

这时,车间副主任裘晓兰也走了过来,她也是厂部重点培养的对象,和我一样在1978年一起进厂的。那时她只有17岁,比我要小得多,但不到30岁已经是厂里的中层干部了。她工作积极负责、要求上进,也是湖州印染厂最年轻的女干部。她刚开始当干部那几年,由于年轻没有经验,在遇到产品质量问题难于解决、交货任务完不成的时候,不注意方法,工作得不到良好的效果,经常会哭鼻子,弄得一些人会在背后指指点点。

当然,我们厂级领导还是极大地支持她的,特别是车间主任沈云娥,她有丰富的工作管理经验,对她特别关心,工作上指导,政治上关心,因此这个车间近50号人,在她们一老一小两个女干部的带领下,生产与工作也搞得红红火火,整个车间的团结和精神面貌在全厂各个车间中也是比较突出的。

第二个我要了解的车间,是"染色车间"(当时没有分漂染两个工段),它是一个大车间,是涉及对外出口关键环节的最重要的车间,它的产量、质量好坏,将会直接影响到全厂的生产与经营情况,决定着工厂的经济命脉。车间主任李文荣、车间副主任袁国辉,挑起了车间的重担。李文荣,高高的个子,一表人才,他是湖州印染厂最标准的美男子,许多对外联系与业务工作也由他承担。他办事公道，说话很有魅力，生产上发现哪个环节产量上不去、质量降下来的事情，他就会雷厉风行地一抓到底。他对我担任厂长助理也很支持的，因为在这之前，我在全厂搞设备投资、技术改造的过程中，也经常在一起交流，而全厂技改的全部设备90%都在染色车间，也得到他的很大支持。

在半年以后，李文荣当上了印染厂的工会主席，也是党委委员。使我印象特别深刻的是1985年的分房方案，这是全厂职工生活福利大事，由工会承担全厂分房方案的制订和实施，而李文荣这位工会主席，立即被推到了"风口浪尖"之上，成为全厂众目睽睽的焦点。当时印染厂为了搞好职工的福利，改善全厂职工的住房条件，在铁佛寺新建了住房，在红丰二村也建了一幢住房。新建住房分配，一时成为全厂议论的中心，有领导打招呼的、有想开后门的、有职工提意见的，弄得不好，真会有打破头劈开脑的状况。李文荣在深入调查，征求领导职工意见的基础上，出台了工厂"分房方案"。由于事前深入了解情况，采用全方位的合理调配分房办法，"分房方案"在全厂职工代表大会得到顺利通过。由于他秉公办事，工会承担印染厂的几次分房还是比较成功的，也说明李文荣这位工会主席，在执行"公正、公平、公开"的"三公"分房方案做得透明彻底，分房之前还做了许多扎实细致的基础工作。当然这也应该归功于党委的工作努力，摆正全厂职工大局方向的正确意见，党委书记吴文琴和党政领导班子统一思想的结果。

李文荣出任工会主席以后，袁国辉升任了染色车间主任。

孙锡铭担任车间调度，那时染色车间管理有点乱，职工意见比较大，产品质量下滑了许多，后来经过几次整顿有了很大提高。由于染色车间是企业的重要车间，它肩负着全厂的效益与出口外汇，全车间共有150多个职工，约占全厂工人的三分之一，而且极大部分是男工。染色产量中分卷染和轧染，卷染都是染缸单元机操作，产量低，劳动强度高，质量难以控制。特别是夏天，男工穿着背心短裤，在敞开的染缸边，高温蒸汽进入染缸的染料水中，沸腾的热水迎面扑在身上脸上，在高温水雾气的车间里面，满脸的汗水湿透衣裤。看到那一刻，我真会在内心发出劳动艰辛、劳动光荣，一定要弘扬工人阶级的伟大形象之感叹。同时，也真正感悟到"一粥一饭，当思来之不易；半丝半缕，恒念物业维艰"。刚刚技改完成连续生产的轧染生

四届一次职工代表大会

产线，在厂里已经打出了响当当的牌子，因为它产量高、质量好、劳动效率高，特别是能染出色泽鲜艳的纳夫妥冰工艺的产品，应该充分肯定科技创新能产生第一生产力，它会使企业生产产生根本性的变革。由于染色车间地位重要，厂部对染色车间工人的劳保福利总是考虑在先，工资奖金也适当倾斜，成为全厂最高的车间。说起孙锡铭绰号叫"毛脚蟹"，我倒惧怕他三分，不是工作上的那方面，而是喝酒怕他。曾经在印染厂同事李和建的婚宴上，我们俩抢起来比喝酒争个高下，结果两人喝好几斤白、红、黄三种混酒之后，我醉倒在桌下。我佩服他不仅酒量好，身体也特别棒，早年一直在健身房锻炼出一身好肌肉，能举起二百斤的杠铃。湖州印染厂一些体强力壮的年轻工人，与他较量扳手腕没有一个能胜过他，都是他的手下败将，我在他的启蒙下，1996年也开始踏进了健身房，到如今在健身房锻炼身体也有20年了，也真能体会到人生只要坚持锻炼，健康将永远伴随着你。

那日，我赴印花车间调研了解工作时，车间党支部书记黄月芬、车间主任王瑛热情地接待了我，并在车间大门口对一大批中年女职工说："我们厂里新任命的生产厂长许瑞林来看我们大家了。"见了这个场景，我忙向大家解释说："我不是生产厂长，是分管工厂生产的厂长助理，这是有区别的。"说起印花车间，其生产的产品全是计划经济的模式，产品销售全部由嘉兴地区百货公司购销。每月下计划单，每个月以人造棉为主的产品，对花型要求、数量、价格、交货时间，都由地区百货公司下生产单，按计划投产。

当时的地区百货公司设在红旗路今湖州中心医院对面，新建的四层大楼，业务科就设在三楼上，除了一名江苏江阴县的李科长外，下设两名老资格的业务员。一名姓杨的人较瘦，分管内贸收购销售；一名姓谈的人很胖，是分管棉布内贸收购销售的，具体说我厂每月下的计划单，都是由姓谈的老资格业务员直接下达的，这个计划单决定着我厂每个月人造棉布生产的命运。生产任务重时，往往需要推迟几天交货；生产任务吃不饱时，往往需要增加生产量，届时都要靠工厂业务人员对接好，少不了软磨硬求。当然，在计划经济时期，地区百货公司也是靠上一级商业业务部门下达计划运行的。下达计划的指标，一是依据上一年计划指标的完成情况；二是根据市场信息为参数；三是每年上、下半年召开订货会，由各百货公司在订货会上签订的全年、半年、季度订货合同作为直接依据而下达任务的。

我厂这个印花车间，完全是以手工劳动为主，典型的劳动密集型车间，高峰时有100多个女职工在劳作。主要是刮板印花，辅助部门有设计室、制版、感光、蒸化、水洗、烘干等部门配套，这些部门加起来也有20多个人。特别是湖州市知名画家吴迪庵（又名吴镛堂）也有设计室，他师从湖州老画师姚薇春、吴藻雪先生，擅画花鸟、山水，尤长画牡丹。当时吴迪庵已到花甲之年，他是在1965年开始印花布的图案设计工作。由于他的牡丹花名扬湖州市和周边地区，把牡丹花设计在人造棉花布上远销全省各地，生意也特别红火。

现已耄耋之年的寇丹先生告诉我说，湖州印染厂1978年以前产品以内销为主，后来虽然有了大量外贸出口，但内销产品占的比例还是很大的。我厂产品系根据市场需要，由百货公司（包括市、省、华东区）订货生产。印染厂的首要一关就是设计图案的部门，只有设计出了市场需求的花色，上级才会选用并下达生产数量。设计室的设计人员每人每天在13.7厘米X13厘米的一方纸上，根据要求画出心中美丽的、适合不同年龄甚至不同地区需要的花布图案。例如，年轻女子夏天穿的淡色碎花布，40岁左右需要沉稳的花布，山区妇女爱穿的红绿反差大的春秋布，甚至是特大喜庆用的大牡丹花等，花样都要不时翻新。因为设计出的纸样都要送到杭州、上海或集中在某一城市中参加"选样订货会"的，届时各地百货公司的业务人员会来选订，要是选不上就没有指标下达，是工厂的一大损失，设计人员也脸上无光，因与工厂的生产经营休戚相关，所以设计人员的压力也挺大的。

寇丹先生还告诉说，选好的花样回厂后就交设计室中的黑白描稿员，进行按套色分别描成黑白分色的透明胶片稿。是几套色就要描几张。这是一个很细致的技术活，直接影响产品的质量。先后进行这一工作的有吴梓林、胡耀祖、沈惠娟、周银娥等人员。黑白稿完成后交给制版间，用感光的方法把黑白稿，变成台板上可以印浆的一米多长的丝网版。这一笨重又有技术的活是由汤炳璋、吴银宝、俞一庭三人完成的。为了一个花样的印刷，几套色就要几块大的丝网版。当然要将设计变成布上栩栩如生的花样，还要把握很多的关键技术活。

印花车间有4条60多米长、1.2米宽的窄幅台板，有70多厘米高，长型台板用铁革绒组成，钢架、狭层底是钢板，钢板面上放若干个4厘米至5厘米直径的蒸汽管，上面也用钢板盖密，达到保温效果。钢板上面放上绒布和人造革，劳动作业时，由两个工人拖着白坯的人造棉布的架子，把布放在粘浆的人造革台面上，后面就由两个女工推着一个放好染料浆的网架，顺着2个滑轮定位，每99厘米为一版地向前边滑、边印边移动。每一次推动表示已完成一个花色，如果这匹布有6个花色组成的话，那就要在60米台板上来回跑6次，四个小组每组负责一条台板，印花完成后等烘干，每完成一匹花布印花，需花去1个小时，也意味着每天8小时可以印八匹布，所以每个小组每班印花布400米，四个小组每班印1600米，每天三班有印4800米，每月可生产花布10万至12万米。

工厂的印花车间，几乎全部是女工，大多是中年妇女。女工多了，车间里的口角是非也时有发生。黄月芬这个车间书记，在车间切实贯彻印染厂党委的中心任务，加强思想教育工作，同时也经常充当"消防队员"的角色解决职工纠纷，处理烦琐小事，全厂上下给她取了一个"调解委员"的外号，这是群众对她的褒奖，这也说明黄月芬确实会做职工的思想工作，是各车间书记中的好榜样。

每当夏天之时，厂里的男职工都不大愿意到印花车间去，特别是没有工作上联系的，更不敢走进印花车间的大门。因为很有可能要招惹出其他男职工的风言风语，甚至讽刺挖苦，会说你看到多少，看得怎么样？有啥体会？享受眼福了吧等酸溜溜的言语一大堆，使人下不了台。确实，在大热天走进印花车间，会看到一大批中年妇女，在高温的印花大房子里，衣裤都穿得无所顾忌的。有的穿汗衫，花短裤，当时大多数中年妇女不戴胸罩，有的女工还穿着背心上班劳动。这时黄月芬书记会经常跑到车间里，叫穿背心的女职工换上汗衫，这样显得规矩文雅点。

最让人尴尬的是，在三伏的大热天，年轻的男机修工被通知到台板间修理（对花错位需要修理）轨道、网架，修理工的周边站满了女工，几十双异性的眼睛盯着这名机修工，吓得那名年轻机修工后脑壳勺、背脊上犹有芒刺一般，他简直头都不敢抬起来，修理好走出印花车间时，脸会涨得很红。那时，车间同行也会趁机调侃，以现在湖州男人之间的言语，会说他"小老鼠跳进白米囤啦！""今朝饱享眼福了！"弄得这名男机修工哭笑不得，但在当时是不敢多想的，以湖州方言讲"只好闷吃一棍"了。

我了解的最后一个车间，是割绒车间，这是一个新创建的车间。灯芯绒产品需前道割绒的坯布，技术要求高，我们都拿到常州郊区许多割绒小厂去加工。后来由于那些小厂割绒质量存着问题和交货不及时，就开始创办了自己的割绒车间。创办初期只购买了六台割绒机并配套一台轧碱烘干机、一台前刷毛机。我在割绒车间了解情况时，见到了车间主任卢佩英。她原来是厂里的工会干事，做妇女工作的，考虑到新建车间，极大部分都是女工的原因，就任命她为割绒车间主任了。

整个割绒车间只有 20 多个人，不设党支部。卢佩英主任只身挑起20多个人的管理担子，其实担子并不轻，像李德芳、戴学娟、沈浙敏、张玉兰第一批派到常州灯芯绒厂、上海灯芯绒厂割绒车间去学习的一批新工，回到厂里师傅带徒弟，带了一批人成立起的一个车间。虽然可以操作机器，但灯芯绒坯布要真正操作好割绒工序，并不是一件容易的事。其中要抓好产

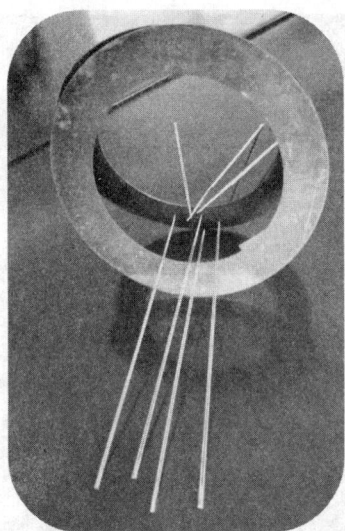

装在割绒机上的刀片和导针

品质量这个关键，必须要对割绒机的机械原理有深人的了解，熟知割绒机、刀轴、刀片、导针的运行原理和注意方法，割绒工艺还配有磨刀制针的循环修磨来保障割绒机的正常割绒。

　　割绒是灯芯绒最为重要的前道处理工艺，是灯芯绒起绒的必要条件。传统的灯芯绒方式总是一成不变，从而成为制约灯芯绒生产发展的重要原因。后来我们不断进行技术革新，灯芯绒的割绒品种有了许多变化，常规的有粗细条灯芯绒，特殊的有间隔条灯芯绒割绒，该织物采取偏割的方式，因绒毛长短不一，粗细绒条高低错落有序，丰富了织物的视觉效果。又有间歇割灯芯绒，采取间歇式割绒工艺，则纬浮长线间隔地被割断，其效果是浮雕状、立体感强、外观新颖别致。还有飞毛灯芯绒，这要将割绒工艺与织物组织配合起来，形成更为丰富的视觉

灯芯绒割绒机

效果。

割绒车间的保全工，是一个十分重要的修理技术岗位，有时机械保全不到位，或者是操作工人技术不到位，往往使车间出现的疵布率大幅上升。那时车间的卢佩英主任每天忙得团团转，还是抓不到重点，经常有割损疵布出现。这时老厂长就会一大早跑到割绒车间检查，昨天割损的疵布有多少，有时拿着疵布心痛地告诉大家，我们向棉布厂买来的坯布要好几块钱一米，叫外地厂家加工割绒只有一角钱一米，还不如自己不办车间好。所有割绒车间员工为了产品质量问题，心理压力特别大，卢佩英很难挑起这副担子，我也看在眼里急在心里。

第3章　切实抓好产品质量

四个车间重点了解了以后，我把工作重心放到每天上午9点在成品车间召开的现场质量分析会上，因为在现场质量分析会上，能全面了解各车间在前一天产品的质量情况，分析出现质量问题的主要原因，这样可以从大量的调查研究中，商量出应对办法，从而保障我厂产品质量的提高。

我担任厂长助理以后的第一次质量分析会，还是请姚培荣厂长带着我一起到现场的。第一次现场会由质检科、技术科两个职能科室的正、副科长，染色、印花、割绒、成品等四个生产车间的主任、副主任参加，生产副厂长也参与现场分析会。大家在9点钟准时到成品车间检验台开展质量抽查。会上姚培荣厂长宣布，今后自己将比较少来参加这类质量分析会了，由许瑞林接替我以前的工作，我看姚厂长很有条理地作了工作的一些安排。

质量分析会开始，首先由质检科科长倪敏华把昨天由质检科派到成品车间的质量抽验员，抽查到的各种疵布摊放在检验台桌上，把布边穿红线的疵布点找出来，进行分析。

大家把染色灯芯绒、印花布两个主要产品中，带疵品的布匹找到红线摊开，一起观看与分析疵布产生原因。套照国标要求，超标多少，经大家协商后定产品等级。但质检科的要求与各车间的差距还是比较

技术科与质检科同事：从左到右依次为倪敏华、张庆芝、顾芳娣、钱倩

大的，质检科科长要求严，生产车间要求放宽一些。因为当时厂部对一等品和出口合格率好坏，直接与车间奖金挂钩，还会与年终的各种荣誉奖项挂钩，也就是说涉及各车间主任和职工的直接利益。对此，有时经常会争得面红耳赤，最后要生产厂长拍板做一些协调。

但在原则问题上，我们的质检科倪科长也从不让步，因为质量是企业的命根子，特别是出口灯芯绒的产品质量，要受浙江省商检局严格抽验把关才能出口。同时，生产厂长在产品质量把关上，也要承担很大的责任。为此，我在这一方面一定要找到一个最佳的平衡点，做到既不能把可以出口的灯芯绒转为内销处理，这将严重影响企业的经济效益；也不能把不合格的产品送出去，造成国外贸易检验退货，或通过国内服装公司间接出口的灯芯绒产品，不能达到国际要求造成退货或补单，就会出现因时间延误造成的一切损失，都要由印染厂承担。这两相矛盾，经常使我处以左右为难的抉择之中。

当然在严肃的质量分析会上，技术科会协助染色、印花、割绒车间分析原因，把好质量关。各车间主任也对昨天的疵布数量，产生疵布的原因一一作出分析。一般分为常规疵布，突发疵布和内在质量疵布三种。突发疵布有轧伤、破洞等，我们会追究到印染设备上找原因；常规疵布和内在质量疵布，要在生产车间找原因。会后，各车间主任领疵布到本车间召开车间现场会，一层一层找原因，落实责任提出整改措施。有些疵布还会追逐到坯布原因和外加工割绒布的原因，分析疵布也是错综复杂的。

走访和了解四个车间生产情况、产品质量存在的主要问题之后，我进一步要了解的就是对全厂质量关系最紧密的质检科和技术科。质检科可以说是企业在生产出口和内销销售过程中的"判官"。判重了，产品出口数量减少了，转内棉布数量增多了，企业的经济效益会严重下滑。如果判轻了，不合格的产品以次充好，应该内销的产品混入到外销产品中去，会影响企业的信誉与企业的品牌，因此质检的"判官"也是个挺难当的差使。这个科当"判官"是上下不讨好、内外不讨好的岗位，厂部看到一等品牌下降了，出口率下降了，自然不开心；下面车间同样看到这二个指标下降了，更不开心，因为会影响整个车间的形象和荣誉，而且还会影响车间全体职工的经济收入。因而这个"判官"对产品的定局也是有苦难说，按湖州地方的俗语所说："风箱里的老鼠两头受气"。但是，当时没有一帖良医好药来彻底解决。我几乎每天都到成品车间，在质检抽验台上跑上几趟，想寻求一个好的确认"标准"方法，作为工作准星，但开始时不知从何着手。

当时，我每天会找到质检抽验的现场负责人刘珍，了解当天的质检情况，但她始终会告诉我的是今天好、明天差、天天不一样，让我很难琢磨出规律。有时我还经常会半夜到厂里质检台，向当班的质量抽验员乔红、陶琴现场了解实际质量情况；向坯布检验员孙眉了解坯布质量情况；向沈根英了解产品"物理指标"（即内在质量）的检查情况。众说纷纭的检验信息，有时会让我想得很多，搞乱了自己的思绪，真有点目不暇接、眼花缭乱，扑朔迷离、无从下手的感觉。

工厂技术科是站在另一个层面上看待质量问题，各车间的产品质量好坏，也与技术科考核挂钩，许多产品质量的好坏，从技术科处方数据分析来说，极大部分都是合理的，但合理符合要求的处方，操作工人没有做好，产品质量还存在着许多问题。拿染色灯芯绒产品来说，没有达标，存在着众多的原因。有染化料配料不均匀原因、有投染化料过程温度控制不当原因、有轧染打料工操作不当等多种原因。印花布有花印重叠、错位、褪色、粘色等多种疵品种类。当然有时候也会出现染化助剂达不到品质要求，而出现产品质量问题。总之，在印染厂出现的产品质量问题品类繁多，奇出怪样。有时为分析一个产品质量问题造成的原因，要整整花上大半天。分析讨论会上各抒己见，许多人会争得面红耳赤，连我们堂堂的华东纺织工学院染整专业的高才生、技术科长戈芳娣也一时会弄得丈二和尚摸不着头脑。我们经常把一个质量难题带到办公室，连夜做化验分析，化验员钱倩也会经常加班加点，有几次急等化验结果，我也好几次陪同她一直到半夜拿出化验结果，便于在第二天的质量分析会上作结论。

当四个车间、两个科室调研了解完成之后，接下来我要了解其他的主要科室，决定先到重点的计划经营科，因为它是企业的龙头。当时正处于计划经济向市场经济转轨的时期，原先的地区百货公司下达给湖州印染厂的人造棉印花布和人造棉染色布的年度、季度、月度计划也开始减半。不到两年时间全部停止计划，根据实际需要向企业订货，很快从计划经济转变为市场经济。

那时，我厂主动找米下锅，还是墨守成规等米下锅，是计划经营科进行战略转变，能否在新的形势下继续改革开拓，这关系到企业前景和企业生存的大事。计划经营科科长潘天敢，经常被印花车间书记黄月芬、主任王瑛围得团团转，她们声情并茂述说苦水，再不下达生产任务的话，车间上百号职工工作怎么安排，职工放假怎么办，工资奖金会减少怎么办……染色车间李文荣三天两头跑到计划经营科，找到潘天敢科长，告知上海纺织品进出口贸易公司、浙江纺织品出口公司、浙江服装进出口贸易公司，三大主要进出口公司都有不同计划减量的趋势。

潘天敢科长是一个50多岁的中年人，高高的个子，胖胖的身材，头上的头发已经脱光，秃了头。当时他对市场经济的快速到来，有些措手不及。我找他时，他无可奈何地告诉我说，"原来好好的一个计划经营，现在计划全没有了，企业今后怎么办？总不能等米下锅，坐失良机吧！你看我的头发都急得脱光了。"我听了他的诉说，心里很沉重，脑海中也暗暗地寻思着应对措施。不过，我在跟计划经营科副科长韩丰交谈时，他对市场经济倒是充满着信心。这个能说会道、能琢磨人心、善于与人打交道的男人，时年三十七八岁，正值年富力强之际。见人就会拉大嗓子，瞪起圆圆的大眼睛，会很开朗地又说又笑，对市场经济的前景信心满满。他待人特别客气，非常好客，酒量也特别好。在市场和计划两种经济模式初始阶段，以烟酒开路广交朋友、开拓市场，也显得特别在行。他也夸口说，"新的外贸公司、新的内销产品我们都可以去跟进。"他的精神状态，对那市场经济充满的自信，也似一双温暖的手，安抚着我那忐忑不安的心情，也增强了我应对市场经济搏击的信心与决心。

保障企业生产正常运转的职能科室，第二个重要部门应是供应科了，老科长丁承钰，高高的个子，瘦瘦的脸，50多岁的人挺有精神。他多年跟着施锡荣老厂长，长期坚守在采办工厂物资供应的岗位上，人很朴实，办事踏实可靠，老厂长特别信任，应该是企业的内当家。丁承钰科长在科室分管采购设备、机物料、五金配件、劳动用品、包装用品等。供应科副科长袁道忠主管采购坯布，因为坯布是企业生产成本的最大头，占整个企业生产成本的50%以上。采购坯布时间急、要求高，需要与生产车间密切配合衔接得好。供应科科员邱惠忠，30多岁的他相对年轻，负责染化料、助剂的采购供应，其工作任务也是与生产车间紧密相连的。工作顺序是每月跟生产车间确定好下月生产计划中，采办哪些主要颜色的配方中需要哪些染化料、需办的品种和数量后，交由他实施采购，同时也要按比例采购一定数量的助剂。染化料助剂成本占到生产成本的8%左右。供应科科员冯勇，是一个20多岁的小年轻，他负责十吨锅炉煤的采购。印染厂是一个大量用水、大量用蒸汽的单位，大量用蒸汽就要烧煤，人称印染厂是煤老虎，每月用煤都需要1万多吨，供给十吨锅炉产蒸汽，满足生产需要，每月烧煤成本约占总生产成本的5%。

第4章 我省纺织印染工业概况

完成了走访车间科室调研之后，进一步想了解浙江省的印染行业的整体情况，各厂的规模大小，生产能力设备好坏程度，湖州印染厂在浙江省行业中的地位。

浙江的染色业起始于清乾隆年间（1736—1795），当时绍兴的炼染业已相当发达，"染缸"成为染色业之代称。杭州的染色行业以往都是丝绸、纺织合一，清末才逐步分开。棉纺织染色行业，在清代与民国时期又分为青蓝染坊、纺线漂染坊、轧光整理坊、洗染坊，同时还有走街串巷的"染担"。青蓝染坊发源较早，一向以染布为主，开始染蓝色、黑色，后来也染红、玫

瑰、淡红等色。纺线漂染坊，主要是承揽各色织布厂和袜厂的纱线。洗染坊是承接衣料等小件染物，手工土染坊染色加工，全部是手工操作，靠自然晾干，一般染坊的铺面前搭置高出屋檐的晾布架（俗称染店架子），既是用来晾晒染布，又是染店的特有标志。

早期的压水石料

早期的染缸

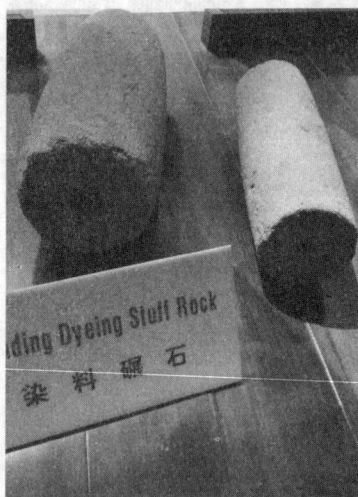

早期的磨染料石头

杭州最早的青蓝坊始于清朝咸丰二年（1852），由范长林在鼓楼外开设的范顺泰染坊。继后，清同治年间（1862—1874），黄元兴染坊、刘乾泰洗染坊建立。中日甲午（1894）战争后，杭州被辟为通商口岸，德国染料大量涌进，杭州、宁波，靛蓝染色行业受到影响而衰落。

解放前漂白工具　　　　　　　　解放前染色工具

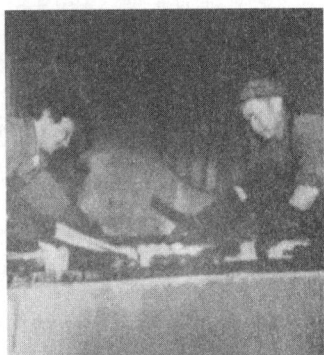

　　我省的印花业，在南北朝时，蓝白花布已经应用镂空纺染，在此期间，各种蓝底白花的花色织物，已成为民间常用服饰。隋、唐是缅类服饰繁盛时期，制版工艺和印制技术逐步革新，制品花型复杂，套色增多。明、清朝制作更为精巧，后来才能印两三种颜色的花布。浙江近代机器印染业始于20世纪20年代末。民国八年（1919）五·四运动前后，中国民族工业发展迅速。民国十七年，宁波江东裕成棉布号经理王稼瑞，筹集资金1.5万银圆，创建了浙江省第一家机器印染厂——恒丰印染厂。民国十八年三友实业社杭州厂成立后，新增漂白染整生产线，从此开始了近代机器漂染纺织品的历史。民国二十一年，宁波恒丰印染厂从日本购进印花机，使浙江省有了机器印花业。同年，王和甫在绍兴昌安门外开设震旦恒记染炼厂，张茂德染厂也有发展，各厂年产染色布两万余匹，成为绍兴生产规模最大的染色厂。

　　回顾浙江省棉布印染业生产条件和能力的发展，经历了四个阶段：

第一阶段为 1945—1959 年，因浙江省地处海防前线，列为战备地区，除杭州、宁波原有印染厂外，原则上未建新的纺织印染厂。

第二阶段为 1960—1977 年，规模较大的萧山棉纺织厂建成后，全省又在兰溪、嵊县等地建起了九个小型棉纺织厂，增加了印染坯布来源。产品结构也从低档细平布向半线卡、线卡、府绸及灯芯绒方向发展。面对当时形势，省内采取增加印染生产能力及专业化分工的措施。1971 年选择在金华市筹建一家印染厂——金华印染厂。1973 年将灯芯绒加工从杭州转移到湖州，湖州印染厂经扩建改造，成为灯芯绒漂色布专业生产厂。全省1977 年印染布产量达到了 1 亿米。

第三阶段为 1978—1987 年，浙江省由过去的沿海战备地区变为改革开放地区，国家提出了发展轻纺工业"六优先"政策，先后新建印染厂 2 家，由其他行业改建为印染厂 6 家，包括老厂扩建，共计增加印染能力 1.61 亿米。1987 年印染能力比1978 年翻了近一番，基本达到了与织造能力相适应的要求。同时，在提高印染加工能力过程中，为了解决印染产品结构与市场需求不相适应的矛盾，着重抓了"棉改涤""色改花""狭改阔"三件事。

第四阶段为 1988—1995 年，随着纺织工业的发展，乡镇企业得到政府优惠政策，加上经营机制灵活，市场信息灵通，乡镇印染厂如雨后春笋般地发展。据统计，1988 年全省印染布生产量突破十亿米大关，其中系统内为 3.021 亿米，仅占 28.89%。

1991—1995年印染布生产起伏较大：1991年为17.04亿米；1992年为33.40亿米；1993年为26.34亿米；1994年为44.27亿米；1995年为24亿米，其中系统内2.77亿米，下降到仅占11.53%。

1995年，全省第三次工业普查材料记载，印染业共有365家（销售收入在100万元以上的独立核算工业企业），其中：杭州市（包括下属县、市，下同）94家；宁波市71家；温州市19家；嘉兴市33家；湖州市19家；绍兴市70家；金华市29家；衢州市4家；舟山市1家；台州市25家。这时，乡镇印染企业已上升为市场的主导地位。

1995年全省第三次工业普查时主要国有印染企业统计表

厂名	建厂年月	生产能力（万米）	生产线（条）	固定资产（万元）		职工人数（人）	主要产品
				原值	净值		
杭州印染厂	1949	7300	7.5	5262.6	2694.1	1915	纯棉、涤棉花色漂布
杭州色织染整总厂	1983	1000	1	1472.7	1004.7	1337	色织布整理、化纤仿毛织物
浙江印染整理总厂	1956	1300	1	1523.3	1187.5	321	化纤仿毛织物、化纤印花布
宁波印染厂	1929	5000	5	3892.3	2455.9	1283	纯棉、涤棉漂色花布
宁波第二印染厂	1957	3000	3	3201.8	2277.8	1281	涤粘、涤腈仿毛中长
慈溪二棉印染分厂	1989	1500	1	1786	1704	464	纯棉布、绒布
金华印染厂	1973	5000	5	3124.9	1982.6	1049	纯棉涤棉印染布
金华染整厂	1970	3500	2.5	1257.5	875.6	645	化纤仿毛织物、印花布
温州印染厂	1981	1500	1	1013.7	759.5	650	纯棉涤棉染色布
湖州印染厂	1958	4000	2.5	1251.2	706.0	773	灯芯绒、印花染色绒布
上虞印染厂	1972	2000	1.5	1788.0	1543.8	1088	纯棉涤棉印染布
海盐印染厂	1984	1000	1	506.2	363.7	477	纯棉涤棉印染布

第5章 感受南方改革春天

我与袁道忠副科长从相识到建立比较深厚的交情是在1984年4月，我当了厂长助理后，有一次和他一起出差到广州、深圳等地，参加中国进出口商品交易会（简称春季广交会）。

说起道忠，厂里许多人都说他很有外交天才，会做生意。第一批出口苏联的外贸单子，是他把中纺部分管外贸主管马军请到我们湖州这个小厂，请他现场参观指导，结果是"以小胜大"，拿到了第一批出口外贸单（当时全国最大灯芯绒厂是常州灯芯绒总厂，第二是上海市绒布厂），其工作能力与外交水平，真是令人刮目相看。

这次赴广州，我们特地租了一辆桑塔纳轿车，请了夏师傅专职驾驶员开车，从湖州一路开车去了南方许多城市。我们途经杭州、萧山、上虞、江山，进入福建省的邵武、三明、南平、福州、厦门，汕头、珠海、深圳，最后到了广州。途中我们也顺便拜访了沿途灯芯绒织布厂的客户与外贸公司的业务经理，特别是到了深圳蛇口，看到了湖州有许多丝绸厂在那里办起了中外合资企业。像湖州丝绸总公司，也在深圳办起了中外合资工厂，并开设了"红牡丹"丝绸服装门店。它乘着改革开放的浩荡春风，像春芽一样在改革的前沿城市生机勃勃地生根发芽、盛开鲜花，向世界展示"丝绸之源"湖州的风采。那时"红牡丹"企业办得很兴旺，在改革中打响"丝绸之府"湖州的传统丝绸品牌，颇有"生意兴隆通四海，财源茂盛达三江"之气势，我们也为湖州能够在深圳设立那么好的窗口而高兴。

上海外贸公司苏培基副总经理被派到深圳筹办起了"深圳海润印染厂"，我们在深圳拜访苏总时，苏总也很高兴地安排到豪华酒店餐厅招待我们。我也向苏总了解到"深圳海润印染厂"作为上海市外贸公司在改革开放的前沿窗口的生产基地，将来要建设的规模，生产哪些产品，引进哪些先进设备，还说过

1984年我在深圳湾大酒店门口

几年到建设好的基地印染厂学习。几年之后，我确实来过两次"深圳海润印染厂"参观，确实看到国内外最先进的棉印染设备在他们厂内运行，在一段时期，"深圳海润印染厂"成为国内最最先进的、管理最优秀的行业标杆企业。在深圳的那天参观了位于深圳市南山区华侨城的"世界之窗"，在那里我们看到把世界著名城市的重要建筑物，以缩小100倍的比例建起模型。"世界之窗"为中国著名的缩微景区，是一个把世界奇观、历史遗

迹、古今名胜、民间歌舞表演融为一体的人造主题公园。整个场区占地 48 万平方米，按世界地域分为世界广场、亚洲区、大洋洲区、欧洲区、非洲区、美洲区、世界雕塑园和国际街八大区域。我们在那里看到了法国埃菲尔铁塔、巴黎凯旋门、意大利比萨斜塔、印度泰姬陵、埃及金字塔等一百多个世界著名的文化景观和建筑奇迹，真是让人大开眼界，放眼世界。

十一届三中全会精神的贯彻，改革开放的政策让深圳旧貌换新颜，被历史的惊涛骇浪推到了改革开放的前沿，成为令全国与世界瞩目的明星城市，创造了诸多的第一。1984 年 1 月改革开放总设计师邓小平首次来到深圳。1984 年"三天一层楼"，国贸大厦成为 20 世纪 80 年代深圳城市标志，"深圳速度"作为中国改革开放的奇迹被载入史册……这一切见闻，使我们震惊，感到真是不虚此行。

这次出远门让我感觉最差劲的是在珠海，因为我们上当受骗买了假烟。1979 年 3 月 5 日建市的珠海，空气清新，风光秀美，有全国十大绿色城市之美称，中国经济特区之一。珠海与澳门接壤，那时澳门还没有回归祖国，在两地交界处都有澳门与中国边防军战士站岗，特别是澳门站岗的士兵制服更为显眼。那天我与袁道忠特地起个早，来到珠海边贸通行关口处买香烟。这次我们上当受骗了，买了好几条假烟，被骗掉了一些钱。澳门到珠海两地的居民只要有通关边疆证，可自由进出，很是方便。许多澳门闲散人群，特别是妇女都会每天早上从澳门带几条香烟过关，到珠海卖掉后带点蔬菜肉食类生活日用品回澳门，花二三小时就可以转回一趟。

那天我们两人诚心去买点便宜香烟带回家的，一到现场就有个年轻的男子，围在我俩周围，把烟卖得特别地便宜。我们比较了一下，觉得向他买比较实惠，结果向他成交了4条香烟，等我们付完钱拿到香烟后，一下子这个小伙子不见了。袁道忠马上发现说，瑞林我们上当了，这是假烟。"我说"你怎么知道？"他说看这个人溜得这么快，一定会是假烟。我们回到旅馆拆开一看，确实都是假烟，我内心像吃了铅块那样不爽。啊，人们对改革美好的向往与憧憬，却被那些骗子搅乱，真是在滚滚大潮中泥沙俱下，鱼龙混杂。想着像袁道忠这样老练的人也会上当受骗，只能说我们的运气不好，或者说骗子的骗术确实太高了。这件事回厂后也作了一段时间的笑话。

袁道忠确实很厉害的，在广交会上我们想去拜访一位纺织部的业务主管领导，当知道他的宾馆房间号码之后，袁道忠跟我说："瑞林我们晚上要去见部里分管业务的张处长。"我说："你认识吗？"他说："不认识没有关系，见面就认识了。"我一直心里忐忑不安，心想这一出戏将怎么唱？吃好晚饭过了半个多小时后，我们俩人去敲他的门，等房门一开启，袁科长以一副热情的笑脸高声叫了声张处长，然后说："好久未见面了，好几次到北京来看你都没有碰到，一直想请你到我们小地方湖州印染厂参观指导一下"，随后就奉上名片，从衣袋里拿出包中华牌香烟，抽出一支给张处长，并拿出高级时髦的打火机帮他点上，整个动作自然协调。并向他介绍了我们湖州印染厂生产外贸特色灯芯绒已拿到部里银奖了。然后又吹了一下太湖的美好风光，湖州丝绸特色产品和太湖银鱼、白虾、白鱼三白的美味……不到五分钟就给张处长留下了很好的印象。张处长也表了态，说一定关心我们厂的产品，并告诉我俩，部里领导也交代过他们："你们召开会议考察工厂，不要老到大厂去，对有潜力的纺织中小企业也要去走走看看，拉动整个纺织行业的大发展，还是靠大多数的中小企业。"双方谈得十分融洽，我们坐了约10分钟就离开了张处长的房间。过几个月后，这位张处长真的专程到了我们工厂，这对推动我企业的贸易发展起到了很好的作用，我真佩服袁科长的外交能力。

第6章 印染厂走向辉煌

在分管生产的时候，每月底我必去的科室是统计科，统计科是一个没有科长的科室。因为做统计工作的也是印染厂的元老之一，叫沈光溥，他的山水画在湖州也很有名气。工厂在设立统计科时，他向施锡荣厂长说："我不想当科长做官，我就是想把厂里的统计工作做好，给厂领导尽早有个完成生产指标的信息。"所以他从不参加厂里的中层干部会议，他还向厂长提出一个要求，就是在自己做好本职工作的空余时间，让他画个山水画。施厂长特批说："可以、可以！"所以他的办公室里放有一张大画桌，笔墨纸砚等绘画工具样样齐备。但他每周的统计周报，每月的统计月报，数字准确、字体端正、笔画细美。每月的一份月报，让大家看到后感觉是一份书法作品。

蒋尚克是协助沈光溥做统计工作的助手，他也是下乡知青第一批进湖州印染厂的新工，先被安排在木工间做木匠，他特别喜欢学习，刻苦精神特别强，每天骑着自行车上班，耳朵上一直听着收音机学习日语，几年如一日，一有空就学日语单词，经常到新华书店寻找日语书。他的这种学习精神打动了厂领导，厂领导经过研究后，特破格保送安排他去日本工厂实习一年（并保留原工资不变），他在日本参加一年的实习后回到厂里，就被分配在统计科，作为沈光溥的接班人。

每逢月底过后，我最为关心的是财务科的财务报表，印染厂每月的财务统计口径是在月底前两天（节假日向前延伸），在下月的5日前基本能看到财务报表。这时全厂各车间、科室都很关注报表，上个月的产量、质量、出口交货量、外汇金额（美元）、销售总额、产值、利润等重要指标都想先睹为快。月底月初这几天，厂财务科长陈子祥带着全体财务人员，都要天天加班，每天晚上九点钟科里还是灯光明亮。他们把工厂各种数据汇集、整理，形成统一的财务表格，也就是月财务报表，那是我厂上个月的成绩报告单，是好是差都会触动工厂领导和全厂职工的敏感神经。

财务科陈子祥科长近50岁，也是工业系统小有名气的铁算盘，财务工作的确做得很好，特别是他亲手做的财务经济分析表，不仅能反映当月与上月数据分析的差距，在全年综合平均数据中的高低水平，还有原材料成本控制管理中的许多单项指标分析，像坯布、染化料、水、电、汽、煤分摊到百米成本与上月分析对比，全年分析对比，上年同期分析对比，数据清晰，对比明朗，在每月的中层干部生产经营会议上，他会给大家分析得有声有色，给大家的工作有一个努力方向。

时间过得真快，一转眼大半年过去了，已经到了 1985 年的 1 月了。往往这个时期是全厂最忙的时候了，姚培荣厂长要向全体职工代表大会做工作报告，主要内容是 1984 年所取得的各项经济指标完成情况，并要报告 1985 年全厂的目标任务，完成目标任务的具体措施。

1986 年全面质量管理动员大会，从左到右依次为姚培荣、臧克照、许瑞林、张庆芝

这大半年，我极大部分的时间扑在生产车间，新办公大楼三楼也为我准备了办公室，但我很少去科室大楼的办公室，习惯地留驻在设备科和技术科相通的老办公大楼，这样到生产车间了解情况更方便。我也想尽可能多了解一下生产车间的各种情况，处理一些杂务事情，但也必须每周两次向姚培荣厂长汇报工作，向他报告一下近期各车间的生产质量情况，自己做了哪些工作，打算下一阶段要抓好的主要工作，并请他指示下一步的工作方向，对人事安排和组织上的建议。

我每月还向党委书记吴文琴汇报一下工作和思想，这段时间自己在生产管理上做了哪些工作，个人的思想和工作上从不熟悉生产到慢慢熟悉了解，在艰苦复杂高要求的环境中能锻炼人，并说了自己向党组织靠拢争取入党的想法。吴文琴书记也很了解我半年多来的工作比较努力，思想比较端正，作风也很正派，不怕苦，不怕累，表现较好，也鼓励表扬了我。同时也向我提出了生产管理工作还不够大胆，在处理工作中还不够全面，并向我提出新的工作要求和努力方向。我内心非常感激，不日，我慎重地撰写了一份"入党申请书"，提交给了党委书记吴文琴，阐明了对中国共产党性质及对党的纲领、章程、主旨，党员权利、义务的认识，要求组织上对我帮助、考验，表达了争取早日加入共产党组织的愿望。

20世纪80年代初，去嘉兴南湖参加党员活动集体合影留念

　　党组织也及时派了成品车间书记沈云娥找我谈话，我感到很高兴，也很激动。我认识到中国共产党是工人阶级的先锋队，是中国人民根本利益的代表，加入党组织是自己长期以来梦寐以求的愿望。现在党组织派人找我谈话，那是对我的一个肯定，也是对我政治上进步的启发。1986年8月，姚培荣厂长、沈云娥成品车间书记作为我的入党介绍人，通过党组织的批准，使

我光荣地加入了中国共产党，从此，我成为一名光荣的中国共产党党员，对自己的要求更高、更严了。感到这是我人生道路上的又一个重大的转折点。从此以后我要以更高的标准严格要求自己。不久，我被提升为副厂长分管生产的文件下达了。

由于印染厂全厂上下共同努力，抓住产品产量不放松，使全厂的产品产量稳定上升，对外出口也保持了良好状态，工厂步入快速发展的良好势态。1986年2月25日，湖州市人民政府发出了《关于命名湖州机床厂等三十五家企业为一九八五年度"六好企业，"的决定》，那六好即充分挖掘企业内部潜力，努力把生产和经营搞活；企业基础工作扎实，初步建立起科学文明管理制度，并正在积极推行现代化管理；坚持"质量第一"方针，产品在市场上有信誉，主要经济技术指标达到市或省同行先进水平；企业经济效益和社会效益有显著提高；建立了一个符合"四化"要求的坚强有力的领导班子；认真做好新形势下的思想政治工作，树立了好的厂风。其中我们湖州印染厂榜上有名，成为湖州市人民政府当年大张旗鼓所表彰的"六好企业"之一。

湖州印染厂党委、厂部在取得市"六好企业"荣誉称号后，领导班子认真地召开了保荣誉、创新高的研讨会。书记、厂长都表态，如何再接再厉创造更好更高的业绩，并把目前厂内存在着产品质量不稳定、青年工人思想不稳定、市场经济冲击计划经济带来的富余人员安排问题等，在众多纷呈的问题中寻找解决措施与对策。通过讨论研究，大家都提出一些企业共性的问题，也研究了采取的相应措施。我站在生产管理的角度，也提出一些思路和想法。其中有某些中层管理岗位的主要领导不能胜任；生产计划的分配与落实措施；产量与质量、出口与内销发生矛盾时的把握方向等。这次班子会议后，全厂在对产品质量、人事组织、青工教育、富余人员安排上作出了重大的决策，采取了相应措施予以落实。

我们在抓产品质量上，采取请进来走出去的办法。湖州印染厂技术研发的主要产品是染色灯芯绒，而当时全国金牌灯芯绒一直是常州灯芯绒厂保持着，银牌灯芯绒一直是上海绒布厂保持着，这两家工厂是国有大厂，生产历史长、产品质量过硬、技术优势明显、各类人才济济。我们首先聘请了上海绒布厂质监科高级工程师秋建衡做我厂的高级顾问，

上海绒布厂工程师秋建衡

巧合的是他是湖州德清人，曾在湖州中学读高中，后去上海读书留上海工作，对湖州有较深厚的感情。他是全国灯芯绒标准的制定者之一，高高的个子，瘦瘦的身材，戴着一副老花眼镜，穿得很整洁得体，一看就像是老上海知识分子的气质，人显得和颜悦色，乐意帮助我们小企业。他把大企业帮助小企业产品技术进步作为一个社会责任，他那崇高的品质让大家肃然起敬，他也是我最敬佩的一名知识分子中的长者，是我和大家30年后也一直惦记着的好长辈。他对工作的严谨，对人的和善，对生

活的低调，作风的正派令人感动。连续好多年中，我厂每月派车去接送他一次，一到湖州不住宾馆，他强行要求住在条件较差的集体宿舍。我们熟悉地称呼他"秋工"，他每次来厂里都会深入成品车间、质检科、技术科，召开好几次质量分析会。一次次的质量分析会上，提出产品质量疵点的主要原因和防治措施；每次会把产品质量原因分析得很细，从坯布原因、割绒原因、染色加工原因等都会一一分析。他最后还慎重地叮嘱质检科长倪明华："你是企业质量把关的'判官'，企业的产品质量能出口的你判它不能出口，那是对企业的重大损失；但是那些不能出口的产品判它出口，将会给企业的信誉造成不可弥补的影响。"经秋工多次来厂的指导和帮助，厂里的产品质量有了大幅度提高。

当时，我厂还聘请常州灯芯绒厂的王宝烂质监科长、沈炳虎技术科长多次来厂指导帮助。在这期间，厂部还组织染色、成品、质检、技术等车间的主要干部、骨干，分批去常州灯芯

绒厂、上海灯芯绒厂参观学习，对口交流，内外攻关，狠抓质量。经过一个阶段后，全厂的产品质量明显提高。1986 年 6 月 28 日《湖州日报》报道："湖州印染厂出口灯芯绒质量名列全国第二。"其中报道我厂生产的 57×170 染色灯芯绒，内在质量和包装质量均达到国家标准，名列全国第二名。

在外请专家对我厂的帮助下，在生产管理上趁热打铁，我也及时总结归纳一些常规性疵布与分析表，便于各部门熟知和争取解决办法。

	疵点名称	一等品标准	产生原因	纠正措施
外观布面常见疵病	烧毛条花	不得出现	烧毛圆筒的卫生状态较差、烧好火口卫生差	烧毛前加强卫生清理
	擦伤	10 厘米以内 100 米不超 4 处	刷毛板刷破损、进落布架卫生	加强刷毛机板刷维护、加强设备卫生清理
	坏疵、漏割	10 厘米以内 100 米不超 4 处	坏布在织造过程造成、坏布在开毛过程中造成的跳针而产生漏割	加强坯布检验、烧毛后人工补漏割
	皱条色条	10 厘米以内 100 米不超 4 处	前处理轧皱、染色起皱	提高设备完好率、使用合适引布
	洞	100 米不超 5 个	机械挂、轧破洞、氧化破洞	布匹在运转过程中加强运转工具、方式管理；漂白配方要安全可靠、螯合金属离子能力强
	绒毛不良	不得出现	倒毛上车、刷毛前的湿度管理不善、毛刷毛不良、烧毛过重	加强产前生产准备检查及关键工序的下机布质量检查、加强员工应知应会培训
	色挡停车挡	10 厘米以内 100 米不超 4 处	前处理刷毛板刷挡、煮练氧化挡、煮练堆置压痕、染色停车	板刷压力调整、板刷及时维护、煮练蒸箱保持正压力、煮练箱采取松堆、乱堆、染色加强操作管理
	色点污迹	100 米不超 25 分	染色料斑、深浅色交替卫生不良、后整理设备卫生不良	加强生产作业规范管理
	左中右色差	3—4 级以上	前处理左右不匀、染色轧车压力左右不匀、预烘房左右热风不匀	加强设备的维护保养、产前打样确认

1986年8月10日《湖州日报》又报道了"湖州印染厂建立严格的外贸产品质量管理制度,'湖印'染色灯芯绒质量更上一层楼"的消息,较系统地介绍了企业结合完善"经济责任制"和"岗位工资制",在成品、割绒两个车间实行优胜者上岗的办法,对生产出质量不符合要求的操作工及时调整下岗。对重点染色工序,根据不同产品,采取定人定岗定色泽生产办法,以促进操作水平的稳定提高。同时还建立"联检组"和"现场会诊"制度。从而全厂形成了一套严格的质量管理制度,进一步促使湖州印染厂,成为质量优胜、品种齐全、交货及时的外贸企业,产品深受日本、美国等三十多个国家客户的大力欢迎。1988年秋季,湖州印染厂在内外的共同努力下,又迎来一个大喜事,"全国灯芯绒标准制定"会议确定在湖州召开,这对一个还不出名的小厂是一个莫大的荣幸。全厂上下都在积极准备,特别是我这个生产厂长和技术科、质检科、成品车间要准备几百个不同规格的灯芯绒品种做成样册,测试外观质量,内在质量,分门别类写上数据,提供给来自全国各地的纺织局专家评审讨论标准的制定。我们聘请的秋工是本次标准评审主要专家,他是代表上海纺工局专家组资深专家。当评定会议结束,确定灯芯绒检验标准书,出版时印有湖州印染厂参与国家标准制定的大名时,这对当时在全国不出名的小厂来说,无论在企业形象、行业知名度、外贸接待业务量方面都会有翻天覆地的变化(看到全厂的产品质量水平有大幅度提升,并得到上级部门和外贸单位的认可,广大媒体都纷纷报道,全厂上下齐心协力,作为分管生产厂长的我自然心里感到甜蜜蜜的)。

我们以借东风鼓干劲再上一层楼的思想指导下，在人事组织上也作了相应的调整，割绒车间是一个为灯芯绒产品出口配套的前道车间，是根据出口需要的不同规格、不同条纹的要求，完成全道的割绒任务。染色车间要得很急，今天要什么割绒布，明天要那种割绒布。割绒车间经常完不成，拖了全厂的外贸交货计划，卢佩英主任又不懂工艺技术和设备，干起工会工作还是比较适应。我们对割绒车间现状也经过几次商议，决定由维修工钱益民来担任车间主任。钱益民虽文化程度不高，但他已做过好几年的机修保养工了，对机械设备这方面的原理、设备故障处理也有很好的经验。另外他做事钻研，在分析事故时他一定要找出原因才罢休，找不出原因会有不吃饭、不睡觉的怪脾气。这种怪脾气也恰恰适应有一定技术难度而车间小、人员较少，人事管理相对简单的车间管理，我建议钱益民来担任割绒车间主任，经厂部同意宣布钱益民担任车间主任以后，没有几个月产量质量上升很快，外发灯芯绒坯布割绒量减少，内部割绒车间割绒产量品种不断上升，呈现一个较好的趋势。但一年之后，由于销售经营市场的需要，钱益民又调到厂经营科当科长了。

第二个组织调动的是李文荣，他一直在印染厂最主要的"染色车间"当主任兼书记，但国企的三驾马车"党委、厂部、工会"缺一不可，工会主席这个重要岗位要由一个领导相信、职工信任的干部来担任，李文荣是最合适的人选。不久李文荣调任印染厂的工会主席（经过召开全厂职工代表大会民主选举产生）。李文荣调任后，染色车间由袁国辉来担任车间主任，不久后又由蒋健康担任车间主任。刚开始还是有产质量下降的趋势，后来也慢慢地适应了。

由于我调到厂部担任副厂长后，日常工作非常繁忙，设备科有大量的技改工作和日常维修工作。不久，厂部决定由路志荣担任设备科科长，胡树兴任机修车间主任，吴炳欣担任机修车间的党支部书记。实行两套班子、一块牌子，机修车间由设备科直接管理。

现场监测技术数据

技术科由于戈芳娣要跟随丈夫调到嘉兴去工作，由张庆芝担任技术科科长，技术科又增加外部调人的黄其鹏（华东纺织染整专业科班出身的工程师），还有从东北锦州印染厂调人的有实际工作经验的工程师马再荣。

为加强全厂质量管理，又把成品车间党支部书记沈云娥调人厂部，担任新成立的企管办主任，并兼任厂办公室主任。印花车间主任王瑛调人人事科当科长（印花车间黄月芬书记兼主任），由邱励民担任成品车间主任。企管办主要的工作，开展全厂性的全面质量管理工作，由厂长姚培荣亲自挂帅，生产厂长主抓全面质量管理。企业管理工作领导小组，做到每周一小结，每月一总结，外聘专家讲课，课后考试。各车间派出代表参加市组织的全面质量管理培训，参加考试合格领取合格证，不及格的还要补考。

各车间在生产实践中，对要解决的质量难点改进工艺技术，设备技术改造中取得质量成效者，厂部拿出专项资金进行奖励，年终还专门对取得"QC成果奖"进行评选，优胜者在年终大会上表彰等，以一系列的有效措施来推进全厂质量管理的提升。

厂部又决定由党委委员鱼鹤海担任组长，成立大型技改领导小组并投资1894万元，开始整厂搬迁

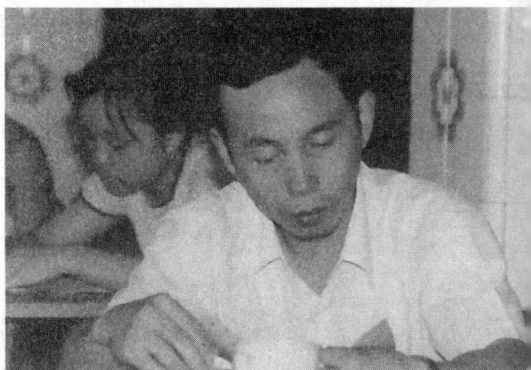

我参加全面质量管理培训

1986年，推行全面质量管理操作分代表合影

的大型技改项目，并配备了专业人员袁国辉、董兆林、沈建军等，参与了这个技改领导小组。说起这次湖州印染厂重大技改的起因要追溯到1985年年底，全国纺织品进出口高潮时期，中国纺织品进出口公司、上海外贸进出口公司、浙江纺织品进出口公司、浙江服装进出口公司、还有其他像上海新联纺，南京纺织服装等大批进出口公司，都要寻求固定的有质量、交货时间保障的生产基地。湖州印染厂除厂房、设备差一点，其他都

符合外贸公司的要求条件。我们建设新厂对外贸公司来说，他们是极力支持的，借助外界形势对我们厂的影响，部分外贸公司愿意投资我们的新厂扩建项目。在厂长助理袁道忠（1985年提升为厂长助理）与各外贸公司的沟通下，引进了中国纺织品进出口公司投资200万人民币，浙江省纺织品进出口公司投资200万人民币，湖州市外贸公司投资50万，总共三家外贸公司共投资450万人民币用于新项目的建设。投资签约仪式组织三方代表在湖州印染厂举行，中国纺织品进出口总公司代表张梦林，浙江省纺织品进出口公司代表赵鸿鹏，湖州印染厂代表袁道忠分别在投资协议上签字。湖州印染厂坐落在杭长桥畔的大型扩建项目，于1985年年初开始开工建设，1988年土建工程竣工、第一条设备生产线安装完成，并于1988年8月开始试生产。当时邀请了中国纺织品进出口公司胡玉芳处长光临新项目的现场指导，整条灯芯绒生产线开启的时候，市局代表前来祝贺调试一次成功。

据湖州市档案馆收存的历史资料显示，1984年9月湖州印染厂投资134万元，添置了160阔幅轧染机一台，160阔幅炼漂机一台，阔幅割绒机四台及刷毛机、烘毛机、热风拉幅机、烘燥机等设备。1985年出口舞灯牌直条灯芯绒414万米，至1988年底工厂共投资854万元，累计生产印染布1.8亿米，完成税利3930万元，投入产出比为1∶4∶6。

历史资料显示，1990年湖州印染厂湖州杭长桥北逸扩建新厂年产印染布1000万米生产线（1985年始建），试产投资1894万元，配有幅宽160印染先进设备。占地8.5万平方米，厂区建设面积4.4万平方米。拥有印花设备1台套（503印花机），轧染设备2台套（其中MA-101连续轧染机1台），卷染设备22台套（染缸22只），丝光设备2台套（LM225和阔幅丝光各一台），炼漂机2台套（其中MH242平幅连续煮漂联合机1台）及预缩机、割绒机、起绒机、热定型及冷轧堆设备等多台，年生产能力2500万米。承染各类染色布和印花灯芯绒、绒布、纯棉布等产品。年产灯芯绒835万米，绒布776万米，全员劳动生产率64897元/人，年出

起绒机

刷毛机

棍筒烧毛机

LM225光机

MA101连续轧染机

口产品 1491 万米，创汇 1130 万美元。1979—1990 年累计出口 7507 万米，创汇 2.34 亿美元，湖州印染厂还被评为省级先进企业。

第 7 章　阔幅技改赢得第一份蛋糕

根据浙江省轻纺工业厅对纺织印染行业提出"棉改涤""色改花""狭改阔"。为解决印染产品结构与市场需求不相应的矛盾，1984 年底，湖州印染厂技改投资 134 万元，添置了 160 扎染机，160 炼漂机各一台，10 月底设备安装完成已进入阔试和试生产阶段。厂领导特别是经营科业务人员，都期盼湖州印染厂能生产阔幅产品，当时的大趋势是印染产品阔幅化。浙江、江苏、上海的大型印染厂都有阔幅印染生产线，外销订单也趋向阔幅面料，我们印染厂也紧跟时代潮流，较早的技改增添了阔幅印染生产线（阔幅 160 轧染机指可生产 1600 毫米以下的印染面料，狭阔 110 轧染机指可生产 1100 毫米以下的印染面料）。湖州印染厂已具备阔、狭两条连续生产印染线之后，生产产品更加丰富，市场销售前景更加广阔了。

但是新型阔幅染色机这个庞然大物，也是很独特的，它由 101 打底机和 641 显色皂洗机和阔幅烘燥机三大部分组成，全长有 53 米，特别是 641 显色皂洗机新设备中有高效长蒸箱和加大的皂洗蒸箱和许多新型的不锈钢水洗槽，全机穿导带布长度要 800 多米。操作这台机器有打底进布工、打底出布工、显色进布工、显色中车工、烘燥落布工、配色打料工、车工共七个人组成，联合机正常开动时，每分钟以35米的落布速度，打个试样需要三个小时，有时一天打三个样，需耗费大量的蒸汽、水。所以对这种大车的生产，管理特别重要。因这台长车操作特别重要，在当时印染工人在劳动定岗中，把它作为"特岗"来制定岗位工资制，也就是全厂工人工资最高的级别。记得这台阔幅染色机，我们选定蒋健康来担任车长，在调试初期，袁国辉车间主任和大家一起在指挥一只重要产品生产过程中，一次损失了3000多米疵布，后来在总结经验教训的基础上认真研究大型联合机的操作管理办法，并在实施过程中加以调整符合现场管理的可行方案，把事故教训贴在墙上，放在心上，让大家引以为戒。

一天经营科韩丰兴致勃勃冲到染色车间找到我，说"许厂长，有块布料我们厂里做得好吗？"他随后在包里拿出两块银枪呢布样，一块红色、一块黑色，他又说如果这两块布料都做得好的话，湖州印染厂要发财了，他带着又激动又急切的心情，并对市场的了解说出了心里话。我随即召集了经营、技术、工艺操作人员会集一起，大家讨论做这个产品生产难度的分析。大家集中三点意见：一、银枪呢这个产品确实很好，适合做冬季风衣，可以以假乱真做呢大衣销往北方市场前景很好。二、银枪呢是化纤类织物选择染料的适应性，又要能上色，又不能褪色，需要买坯布来试样。三、我们的工厂没有起毛机，我们要增添两台起毛机。我们把商量的想法和意见及时地向姚培荣厂长、吴文琴书记作了汇报，他们也分析了计划订单越来越少，开发内销产品是企业的重要举措，全力支持生产、经营、合作开发适销对路的内销产品。领导的支持很快推动了产品开发，韩丰第二天就调拨了 5000 米坯布，分黑红两个颜色，分别做了四次试样，特别考虑坯布的质量不太好，在煮炼过程中放慢车速，尽量要煮，提高染色的渗透率，我们经过一周的齐心协力，染色试样就成功了，但一时没有起绒机，我和韩丰带了染好的银枪呢染色布，开车去海宁找了一家拉绒厂，连夜开启机器进行起毛。起毛成品完成后我们又半夜回到湖州，第二天一大早，我们把已起毛的成品银枪呢放到会议室里，让大家评议，经营科韩丰叫了几个做银枪呢生意的老板过来看样品。这些生意人一看到放在大桌上的一匹鲜红的银枪呢、一匹黑色的银枪呢两匹成品样布高兴极了，不但夸口说"到底大厂里生产出来的产品不一样，我们要订货"，而且当场拿出大钱包倒出二十多万定金要我们厂收下，我和经营科许多人议论，看来我们开发这个产品一定会成功。厂部非常重视在市场经济的初始阶段有这么一个好产品，真是求之不得，生产计划经营科及时调整了计划，10 月中旬的产品开发成功，四季度冬季这个产品一定很好销，就把全厂生产计划调整为保外销灯芯绒的同时增产 100 万米染色银枪呢的目标。供应科及早准备了坯布，染化料和部分助剂等物资。

经营人员按各地区面料批发市场、服装批发市场发出信息和提供样布，与各地区点的门市部、服装厂联系。这样一传十、十传百，很快地知道了湖州印染厂生产出色泽鲜艳的银枪呢。在当时，刚刚进入改革开放老百姓生活水平有较大提高，对服装的需求有了新的渴望。而银枪呢又可以以假乱真，是普通老百姓能穿得起的高档呢服装面料。这些都是促使产品好销的主要原因（记得当年买一件银枪呢大衣只有 20 多元，而买一件正宗的呢大衣需要高四五倍的价格才能买到）。但经营商实际能卖得多少价格就看他们的各显神通了。

为解决厂里没有银枪呢产品后道起绒设备，我们又两次去海宁拉绒机厂，及时购买了两台起绒机，并派人去常州东风印染厂学习起绒技术。1986 年生产的银枪呢产品不再到海宁去外加工起绒业务，这样降低了运输成本提高产品的毛利率。

我回忆了一下，这个银枪呢产品在 1985 年生产了 110 万米，1986 年全年生产了 320 万米，1987 年全厂生产 160 万米，

海宁拉绒厂的起毛机

1988 年只生产了几十万米。这个产品的周期寿命也是比较短的，但在当时推动湖州印染厂的计划经济向市场经济转型的意义是巨大的，也为当年的企业效益得到了很大的补充。

第 8 章　改革春风吹遍浙江大地

20 世纪 80 年代前后，国家对整个国民经济的设计与安排也日趋市场化，整个经济形势也更为加速变化发展，新的组织形式、新的经济实体，像雨后的春笋般拔地而起，参与市场竞争，也使长期习惯于计划经济模式下生存的企业一时不知所措。然而，市场经济的潮流是不以人们的意志为转移，来势迅速，汹涌澎湃，生机勃发，势不可挡。

在这场改革开放大潮中，中国出现众多新颖的发展模式在席卷全国各地，像主要的有浙江的温州模式、广东的珠江模式、福建的晋江模式，江苏无锡的苏南模式。在全国出现各种经济模式，许许多多的企业管理模式的创新，互相学习，互相交流，取长补短，在社会上又涌现出一大批大胆创新的企业家。

湖州市在贯彻执行《全民所有制工业企业法》过程中，市委、市政府高度重视开拓创新，特别在市经委系统，在经委史方主任的大力倡导和推动下，各所属企业都纷纷行动起来，当时我虽然是副厂长，但也多次参加市经委组织的动员大会，也经常到各地参观学习。曾经学习像改革早期湖北武汉柴油机厂，拿出几十万年薪聘请了德国专家管理企业（当年国内的大型厂的厂长年薪不到一万元，而聘请德国专家月薪超过万元）在浙江省首先去学习的是海盐服装厂总厂，步鑫生引进的"日本西服生产流水线"，扩大自动化生产西服业务和改进企业为重点的管理制度。学习鲁冠球的乡办企业，从传统的小型的敲敲打打机械加工厂，为大型汽车制造厂做配件，后来走出国门，得到美国订单，做汽车万向节配套产品。向杭州中药二厂冯根生学习，从传统的中药行业跳出去，创新思路走出了从中药加工转向保健品生产，如"青春宝"这一保健品脱颖而出，誉满全中国，也让中国的传统中药保健品走向世界。

其中，最让我们感受深刻的企业家是步鑫生。步鑫生 1934 年 1 月出生于浙江海盐县一个裁缝世家，20 多岁时就是县城武原镇缝纫生产合作社负责人。20 世纪 80 年代初，他在担任海盐县衬衫总厂厂长期间，针对当时企业管理的现状与僵化的体制，进行了大刀阔斧的改革。他在企业生产经营、内部管理及分配制度等方面大胆革新，打破"吃大锅饭"的平均主义分配模式，调动职工的积极性和创造性，使企业的面貌焕然一新。

1983 年 11 月中旬，新华社播发的长篇通讯《一个有独创精神的厂长——步鑫生》出现在中国几乎所有党报的头版。由此，步鑫生以城市经济体制改革"弄潮儿"的形象成为家喻户晓的人物。步鑫生的分配原则是"日算月结，实超实奖，实欠实赔，奖优罚劣"；生产方针是"人无我有，人有我创，人赶我转"；管理思想是"生产上要紧，管理上要严"；经营思路是"靠牌子吃饭能传代，靠关系吃饭要垮台""谁砸我的牌子，我就砸谁的饭碗"。步鑫生这些朴素的改革格言，迅速传遍全国。

1984年，步鑫生被增补为第六届全国政协委员，他用过的剪刀被收人中国历史博物馆。步鑫生敢于捅穿"大锅饭"锅底，正是打破改革僵局的武器。他"大气如海，纯朴如盐"，能成为改革大潮中"有点行动和作为"的先行者，不愧为是改革的先锋。许多企业家回忆："是步鑫生的那些话，让我们接受了最初的市场经济商业文化洗礼。"确实，步鑫生敢作敢为改革先锋的言行举措，确是击中中国国有企业干好干坏一个样，吃企业大锅饭的要害，作为国企的副厂长，真是感受颇深。国企有多年积留下来的难点，职工的思想观念老化、驯化、硬化很难转变。特别是个人利益受到冲击之后，抵触情绪难以改变的，我很佩服步鑫生的改革胆量。

在1985年前后，国家在总结国民经济发展的过程中，又提出了"横向经济联合"的方针，一度在全国作为重要经验贯彻推行。如湖州市委于1985年4月15日至17日，召开了全市横向经济联合经验交流会。会议传达了全国城市经济体制改革工作会议精神，交流了全市开展横向经济联合的经验。会议认为，当前全市开展横向经济联合，重点还是先搞好本市、本县内的联合，要以名牌优质产品为龙头，以骨干企业为中心的专业化协作，形成企业群体发展外向的联合，重点是引进技术和人才。要依靠群众、依靠企业，多渠道、多层次地发展横向经济。上述我厂在抓产品质量，采取请进来走出去的办法，聘请了上海绒布厂质监科高级工程师秋剑衡做我厂的高级顾问，聘请常州灯芯绒厂的质监科长王宝烂、技术科长沈炳虎来我厂指导帮助的举措，也就是在发展"横向经济联合"方针指导下进行的合作。

1988 年 4 月 28 日，中共中央关于贯彻执行《中华人民共和国全民所有制工业企业法》的通知，这将标志国企改革向纵深发展迈进了一步。《中共中央关于经济体制改革的决定》指出，搞活企业是整个经济体制改革的中心环节。几年来围绕这一中心环节所进行的各项改革，在一定程度上，扩大了企业的自主权，初步调动了企业经营者和广大职工的积极性。但企业中蕴藏的巨大潜力远未发挥出来，企业强烈要求成为自主经营，自负盈亏的商品生产经营主体，并得到法律的保护。《企业法》的制定及其贯彻和实施，必将有力地推动改革发展。《企业法》的灵魂，是国家在保持企业赋予全民所有权的条件下，使企业对国家授予其经营管理的财务享有占有权、使用权和依法处分权。这就是说企业如何经营，如何发展，企业财产如何转移，包括相互投资、相互持股、相互转让、相互组合等，都应当由企业依法自主决定。企业的一切生产经营活动，只要不违背《企业法》及所规定的有关法律，都是合法的、允许的，这应当成为检验是否执行《企业法》的一个标准。

在这样的大形势背景下，湖州地区的其他印染企业，特别是乡镇的印染企业异军突起。他们的公关能力强，组织形式新颖，机制灵活，势不可挡，与我们国营印染厂争夺市场"蛋糕"。如织里大港印染厂采用双重机制，1991 年 9 月 27 日湖州工商局给这家企业核发营业证书为"中外合资"企业，其中外方占股份的 40%，中方占 60%。

又如长兴印染厂，是夹浦镇的一家镇办企业，1988 年年底，厂长丁小明上任时，该厂已濒临破产边沿。丁厂长首先从优化企业劳动组合着手，把全厂分成几个车间承包，并把行政人员从 50 人精简到了 7 人。工厂实行厂长承包制，厂长与副厂长签订承包合同，副厂长与车间主任签订承包合同。新措施立竿见影，1989 年承包当月就扭亏为盈。

在推进横向经济联合的经济交流活动中，湖州印染厂在姚培荣厂长、吴文琴书记的带领下为发展灯芯绒上游坯布产品、割绒加工产品，曾想投资浙江海盐布厂和江西一家布厂的投资调研考察，结果因种种原因没有成功。而割绒厂的配套需要在不投入资本，而在技术指导上帮助了湖州市郊和孚割绒厂，并结为双方协助单位，这也算是在"横向经济联合"中做出了一点适应潮流的工作。

第 9 章　市场经济冲击下的国企

那时，在湖州的工业系统内，各企业之间的交流学习，参观考察，介绍先进经验也是十分频繁，蔚然成风。我也先后参观了我市的德清水泥厂、湖州菱湖化工厂，在东林小龙集团听取史方主任"大胆引进竞争机制，加快承包经营步伐"的动员报告。在湖州也先后出现了：湖州南浔轴承厂厂长应聘到湖州酒厂当厂长，湖州机床厂的钟德全应聘担任湖州唱机厂厂长。当时在湖州出现跨行业竞聘厂长的也非常之多。

一次，经委主任史方通知我厂办公室，专门约我去他的办公室谈话。我有点"丈二和尚摸不到头脑"。心想："他怎么会找我这个副厂长谈话呢？有什么重要事情应该找姚培荣厂长才是啊!"那天，我来到他的办公室，寒暄以后，他先在我面前说到改革形势，创新思维，勇挑重担后，跟我又慢慢谈起，问我愿不愿意去湖州人民布厂去当厂长，我一下子愣住了。后来才知道，人民布厂书记、厂长都年纪大了，要退下来了，谁来接班还是个问题。史方在考虑内部竞选和外部选派相结合的路子。当时我在他的面前不好一口回绝，免得伤了领导的面子。我还是缓和地说了一下，"让我回家考虑一下"。第二天我把这事向姚培荣厂长汇报了，他让我自己拿主意。我猜想这事史方主任肯定先与厂长沟通过了，姚厂长在这件事中左右为难，才商量出叫史方主任直接征求我的意见。但次日，我还是让姚培荣厂长帮我到史方主任面前去回绝了。我心里想："我对印染厂是有感情的，也不想到不熟悉的工厂去打拼了。"后来我们在省印染行业交流经验时，也出现过海盐印染厂厂长推荐我去他们厂里当厂长，那事我是根本想都不敢想的，因为我是不愿意离开这个生我养我的滨湖城市，更不愿意到外地去闯荡。

在市经委的"一厂一议、一厂一策"的改革要求部署下，湖州印染厂姚培荣各方面条件好，管理水平高，工作勤奋肯干，成绩卓著，自然不存在外聘厂长和企业内部挑选的问题。而是定位在以姚培荣为厂长的基础上，由厂长重新组阁的方案。由于《企业法》《厂长承包竞选制》学习贯彻的深入推进，企业改制，中层竞争上岗，能上能下；职工铁饭碗也逐步淡化，人员能进能出。湖州印染厂旧的管理制度被打破，新的管理机制逐步建立，工厂经营管理、人事管理等各个方面，都发生了根本性的变化，主要出现四个方面的现象：

第一种现象"厂长组阁分级承包"。这是工厂在生产经营中实行经营、供应、生产、销售联合承包，制定各部门的分级承包责任制。生产车间与技术科室捆绑式承包并举。用聘请多个年轻的技术骨干，有经验的生产管理骨干担任承包岗位领导，像蒋健康、李和建、孙锡敏、杨利民等，都是基层承包的后备力量。

第二种现象"三副搞三产"。湖州印染厂三位副厂级领导搞起三产，主要是利用湖州印染厂老厂的许多厂房，盘活存量资产，先后办起了"三元经营公司""三元歌舞厅""三元服装厂""三元包装材料厂"，并充分扩大了原已创办的"劳动服务公司"。为何这些"三产"名称都带上"三元"？因为要体现印染厂的母体元素，因为印染是以红、蓝、黄三大主要颜色为基础的，故名为"三元"。

第三种称为"干部飞翔"。因政策允许干部离开工厂，自找门路。因此许多干部离开湖州印染厂，像厂党委秘书徐松樵调入湖州市劳动局；施为建调到湖州人事局后，转技术监督局当副局长；袁道忠调到市经委派湖州服装厂，后调浙江中汇集团；钱倩调到吴兴区中级法院；钱益民调到市经委工业公司；费龙华调市政府派驻到海南办事处；裘晓兰调到杭州工作等等。

第四种称为"下海闯荡"。在"干部能上能下，职工能进能出"的改革风浪中，湖州印染厂也出现了"下海闯荡"，不少有能力的人员脱离工厂，到社会大风大浪中去闯市场，我记忆中的有杜小军、单建明、许建华、潘玉根、沈建军、严小狗、王宜宾等；后期离开印染厂的有吴升高、杨利民、李和建等一大批人才。像在改革开放中离开企业到社会的大浪中去拼搏的单建明，后来成为一名成功的企业家，他创建了美欣达印染集团股份有限公司，在湖州乃至浙江和全国声名鹊起，2004年企业又成功地成为湖州市本级第一家上市公司，后期成功地发展房地产、环保产业，进入了中国民企500强的行列。

几年的副厂长，让我深感在国企中存在着许多严重弊端，像论资排辈，干好干坏一个样，分配拉不开差距，付出和得到很不相符。深深记得当时我厂年轻又有技术的优秀共产党员、技术科科长潘玉根（现任美欣达集团旗下美欣达印染股份有限公司总经理），离开企业的最大感言是"我在这里看不到这个厂的希望"，他在厂里当技术科长时，我是生产副厂长，曾经到他家里看望过他。他的家坐落在小西街一条小弄堂里的一间小房子，只有10多平方米，为潮湿泥地，上面盖着瓦的小房子。走进屋中一股潮湿气，很阴湿又狭窄，我看后也觉得难以住人。当时我厂虽然有红丰的新房、铁佛寺的新房已分配，分到新房的职工把旧房子退下来再作分配。潘玉根分到的房子，已经是分好几次后剩下的最差的房子。这是当时国企无法处理好的难题，房子分配方案是由厂职代会确定的，是以工龄长短为主要评分依据。我想，若是工厂不完全搞论资排辈，能够真正落实知识分子政策，尊重知识，尊重人才，安排好他们的生活，像技术科科长潘玉根一类的工厂骨干，就能够留得住，为工厂的发展，能够做出自己应有的贡献。

我在担任生产厂长期间，1986年12月1日凌晨2时10分左右，湖州印染厂又出了一个大事故，印染厂缝头车间发生了火灾，烧坏灯芯绒白坯布一万多米，直接经济损失2万多元。当凌晨二时半光景，厂警卫人员走到缝头车间附近时，闻到房间里有焦味，就叫几个人打开大锁，冲到里面采用泡沫灭火器进行扑救。但火势已蔓延，就及时向消防队报警了。我接到传达室电话迅速在床上跳起来，慌忙穿了衣裤跑出家门，因为离厂近2分钟就赶到厂里，及时赶到事故现场主动冲到缝头间滑梯的里半部，带领大家向大火浇水后，拿起消防栓接好的水带向大火的里面冲水，烟雾弥漫满屋，厂里的消防栓型号小效果差，不一会消防车到现场很快控制了火势，据消防部门当晚和第二天的排查，分析人为或电器起火方面的原因，最后认定为电器起火。这次火灾事故虽然损失不大，但教训是深刻的，厂部主动向工业局领导写了检查，我也做了深刻检查，因为重大事故分管生产的领导也有重大责任，在厂内掀起了全厂重视安全生产的高潮。各车间组织自查整顿，厂部组织各车间互查，查处安全隐患，落实整改措施，重新落实安全组织，对安全事故"三不放过"（即没有查明事故原因不放过，没有吸取事故教训不放过，没有落实整改措施不放过），并利用各种宣传工具做好厂内的宣传教育。这样，在后几年的生产经营中，整体安全情况还是做得较好。特别是1989年开始搬迁到新厂生产以后，各种厂房、仓库都按标准投资建设，符合消防等级要求，自然通风条件都很良好，水电配量也标准化、规范化，自然降低了事故的发生。老厂区和新厂区真是天壤之别，在小西街分三大块区域，几百间大小房子组成的湖州印染厂（老厂），许多工人比喻我们厂的房为又小又细，与小西街的"小""细"（西）谐音得很。为此，得出一个调侃的结论，在小西街的厂房必然是又小又细的。

在改革的外部形势下，内部必须跟着外部转，在不断开拓外贸经营中，我厂了解到东欧、日本等国，风行绒布衣衫，国际市场染色绒布生产还是空白。于是，我们立即组织力量，改进部分机台，试制出染色绒布。省外贸部门看到样品十分满意，当即签订了首批十六万米的合同。由于我厂坚持"眼睛向内、产品向外、突出质量、优化服务"的方针；采取"小批量、多品种、高质量、守信誉"的策略；实行"产品多渠道、多口岸外销"，在不断开拓经营中成为全省全棉外销印染布的全能企业，20世纪90年代初，外销产品产值，一直占工厂总产值的85%左右。1992年9月工厂获得自行出口权以后，厂里重新调整了组织结构，在海外联系了9家公司作为代理商，很快打开局面。外商订货源源而来，远至澳大利亚、西非等十多个国家。同时广开集资源头，采取"及时成交，及时生产，及时出运，及时收汇"的方针，努力扩大创汇渠道。1993年首季，工厂创汇达88万美元，完成上级下达全年指标的59.1%，产值、利润同比增长了29.38%和140.26%。从"借船过海到造船出海"，锻炼了企业对国际市场的适应能力，让工厂更能直接感受到国际市场的风向标，赢得了对市场的主动。

第 10 章　走多元化经曹之路

随着中国改革开放的深入发展，国家又根据中国经济现状，提出了大力发展第三产业。

1989 年老湖州印染厂全部搬迁新厂后，遗下老厂区三十亩左右空闲厂房，它紧靠红丰居民区，临近老汽车站，背靠市中心，具有优越的地理位置。我厂适时对老厂房进行房产开发，投资 60 万元，分三期进行改造、沿街面 2200 平方米的装修，1400 平方米店面出租，那年靠房地产出租即得益 30 万元。我们还在老厂区内开辟一个综合型市场，每年可望得益 100 万元。与此同时，又组建了"湖州三元经营公司"，从事钢材、煤炭、染化料的经营销售。在厂内公开招聘业务人员，实行风险抵押，自负盈亏，开展仅一个多月，就获利 8 万多元。

厂部最早成立的是湖州印染厂劳动服务公司，抽调技术科化验员钱倩（后自学报考湖州市公务员考取后，调入湖州市法院工作），担任劳动服务公司经理，建立自我生产、自我经营、自我走向市场的独立机制。1985 年，国家全面推进从计划经济到市场经济，在这过渡时期，厂内印花车间由原先红火的场面，到每月花布订单慢慢地减少了。市场经济模式建立以后，为了保障稳定生产，起初厂里做了一点库存，但由于销售不畅，库存越来越多，产品积压越来越严重了。

面对着印花车间的近百名中年妇女的去向问题，也成为工厂领导班子比较棘手之事，放假回家是不允许的，减少班次、降低产量也不是长久之策，况且少发工资奖金职工也有很大的意见。但是这个车间因全部是以手工操作为主，劳动生产率太低。印花车间的劳动生产率，只是染色车间劳动生产率的1/6，而产品销售也成了瓶颈。办劳动服务公司第一出发点，是解决部分中老年职工的劳动保障问题；第二出发点是湖州印染厂每个月都有十多万米的等级品布，放在仓库，低价销售。各地来收购的个体户，他们拿回家后，会全新整理各种规格，又转卖给零星小市场，挣了许多钱。这种生意我们怎么不能做？所以厂部研究成立了这个公司，实际上也是把厂里的老弱职工和车间里竞争下岗的一批员工，组织起来自找出路。钱情担起这副担子也很不容易，后来也确实做出一些劳保用品这类的产品，经营厂里的零疵布，一段时期还是很有起色的。

工会主席李文荣是第一个副厂级领导派出搞三产。1990年初负责创建了"三元经营公司"，主要是市场化采购经营坯布，并为我厂的印花布销售打开门路。同时，还利用原来老印染厂十吨锅炉间的高厂房的二楼，办起三元歌舞厅。

跳舞，也有一些快乐和浪漫的插曲，在全国各地改革开放进程中，20世纪80年代后期，全民跳舞热也传到了湖州。经

委主任史方也是个跳舞爱好者，多次在会议上鼓励企业家要学会跳舞，通过跳交谊舞广交朋友。湖州经委系最大企业"正兴集团"的郑富生老总特爱跳舞，当时如果不开展活跃的唱歌跳舞活动，似乎被人视为思想封闭，墨守成规，对改革开放缺乏创新……当时在市里召开的各种会议结束之后，都要举行交谊舞会，这已成为那时一个不成文的规矩。

湖州各行各业都办起了交谊舞厅，仅湖州市区内就有五六十家，其中以湖州新兴的宾馆饭店办舞厅的为最，影响大的有夜明珠歌舞厅、湖州大厦歌舞厅、潮音大厦歌舞厅、浙北大厦歌舞厅、湖州宾馆歌舞厅、长城宾馆歌舞厅、白鹭歌舞厅、蓝宝石歌舞厅，湖州大酒店歌舞厅、白洲歌舞厅等二十余家。机关事业单位也纷纷上马，我们经委系统也办了歌舞厅，名为涔涔歌舞厅，还有湖丰绸厂歌舞厅、"正兴集团"歌舞厅。其他系统的有：妇幼保健院夜沙龙歌舞厅、水利大厦湖梦园歌舞厅、湖州四中香格里拉歌舞厅、市供销大厦内维纳斯歌舞厅，市农业系统办了绿野歌舞厅（环城东路），市城建系统办了七重天歌舞厅（环城南路），市二轻系统办了二轻歌舞厅（金婆弄口），市公交系统办了金鸽歌舞厅（东街），市邮电系统办了鸿雁歌舞厅（志成路），城区工商局办了白天鹅歌舞厅（潜园大门口附近），九八医院办了罗浮宫歌舞厅、市工人俱乐部办了乐园歌舞厅……凡此种种，只能说个大概。

当时，我厂所办的湖州三元歌舞厅，也成为湖州比较有名气的歌舞厅之一，在湖城的跳舞爱好者都来跳舞。三元歌舞厅在城西，与对面由湖州市电力部门星级宾馆创办的"新金桥歌舞厅",隔环城路南望,湖州最早办的"鸿运大世界歌舞厅"(今红丰商场二楼),成为三家鼎立之势。不过,新金桥、鸿运大世界两家歌舞厅,装饰相对比较华丽优雅,比较适合接待贵宾与高档客户,而我厂三元歌舞厅装饰相对朴素大方,重视服务质量,很适合大众百姓参加健身娱乐活动,为此人气较旺,社会评价也较好。

跳交谊舞这股风传到了厂里,厂工会组织跳舞爱好者,下班后举办多次跳舞培训,有时还聘请外单位指导老师来厂开展跳舞培训。这种培训虽然利用了大家业余时间,多少会影响一点生产。我开始也很看不惯,自己也不喜欢跳舞。但没多久"枕头风压倒人",我妻子所在的湖州制药厂也活跃起跳舞之风,但制药厂大多数是女士,缺少男士领舞,她厂里的女同伴交给我妻子一个任务:必须在家里动员我去跳舞。厂里七八个好同伴,七嘴八舌地告诉她一个好方法,若不参加她们的跳舞,要动真格不给我喝酒。因为我平时回到家里很累,喝一点酒提提神,同时也是自己喜欢自酌自饮的一种休闲方式。这一招也真是奏效,因为后院"起火"肯定自己要吃亏,这样真的给她们说动了。过几天,我下班之后跟着她们去跳舞。我一旦接受跳舞这一娱乐活动,就会认真去学,没多久也能跳出好几个舞曲了。人就是这样,一旦接受到自己所爱好的活动,就会认真去学去做。当时我也跑遍了湖州许多的舞厅,一则,图个新环境的气氛;二则,也看看其他舞厅的管理方式,能否给我们三元歌舞厅有所借鉴。

不久,约在1993年的初秋,三元歌舞厅还利用多余的场地，创办了一个有 150 余平方米面积的镭射影视厅，这个厅有全市唯一的超大 200 英寸大屏幕，以良好软件优良服务取胜。下午镭射影视厅放映电影，晚上又用作卡拉 OK 供市民唱歌。良好的服务和秩序使不少顾客慕名而至，不少单位还会用作会议室，使"影视厅"发挥了多功能厅的作用，取得了经济效益和社会效益双丰收。1994 年 1 月 9 日的《湖州日报》，还专题报道了三元镭射影视卡拉 OK 厅及经理陈兰英的优良服务事迹。

1993 年年初，党委副书记臧克照提出了创办"湖州三元包装公司"的建议，那是在当年 5 月，由湖州市总工会和湖州印染厂联办的第三产业，双方总投资人民币 35 万元。公司主要组织工厂多余人员生产塑料薄膜制品、丙烯编织包装袋，销售对象为湖州地区的服装厂、针织羊毛衫厂。印染厂的塑料包装袋，印染厂的编织色装袋等，也取得了较好的成效。那时，我曾帮助过"包装公司"的方俊海同志，一同去大连购买过塑料薄膜冲塑机等主要设备。

第 11 章　创办三元服装公司

在我厂出现场地多余、人员过剩的情况下，我也看在眼中，急在心里。当时我厂的生产管理，已有许多新的技术骨干能独当一面了，我自己已当了多年的副厂长，也一心想搞一块新产业试一试。

1991 年上半年，我多次向姚培荣厂长、吴文琴书记要求，也要搞一块第三产业。那时刚巧姚培荣厂长有朋友介绍，说湖州有个叫吴敏敏的女士，嫁给了中国外交部的一个官员，后一家人移居到瑞士成了侨民。她愿意在湖州家乡投点钱建一家服装厂，谈到我们湖州印染厂与她合作，成立一家中瑞合资的小型服装厂她很乐意。

我们在初次见面会商后，她很快就拿出了5万美元，我们也拿出了对等的人民币就很快成立了公司。公司名称为"湖州三元服装厂"。我很快地组织了项目筹办小组，由我负责。筹办小组的吴荣荣负责市场，许向梅负责办公室工作，钱玉胜任会计。租用了印染厂靠小西街北面的一幢约800平方米房子做服装厂厂房。西面还租用了印染厂里的一些旧厂房，做食堂和宿舍。原印染厂的北大门，经过一番装修后成为湖州三元服装厂的新大门了。

筹办前期工作中，4个人分为两个组。我和吴荣荣忙着布置工厂现场，把800多平方米厂房划分成了三大区域。一是办公区域设置，有厂长室、财务室、经营科，技术科。二是生产区域的设置，缝制间分四个缝纫小组，每个小组配16台缝纫机，还配置烤边机。缝纫机都选用日本进口，档次比较高的设备。这样四个组就有64台缝纫机、4台拷边机，还有1台锁眼机和2台钉扣机，3台整烫机。这个车间也布置得很紧密、整齐。第三个区域就是排版、裁剪间，有两条10米多长的裁剪台，进行放布排版。整个车间都用绿色油漆，干净光亮。大车间顶部整装了2.5米高的石膏板吊顶。日光灯布置得整齐紧密，灯点亮像白天一样。职工在车间里上班，要更换工作服、拖鞋，一看就很干净、整洁，跟印染厂外部环境的差乱，真是无法相比的。

我们分工的另一个小组许向梅、钱玉胜两人，也积极经办注册、跑批复，一听说是有外汇进来，当时是求之不得的大好事，市里多级部门很是支持，也很快把各种手续办妥了，一切都很顺利。创办服装厂的主要工种是年轻的缝纫机操作女工，需年纪轻、手脚快、眼睛好，通常服装厂都叫车工，于是我们决定招收新工了。招工广告的海报贴在厂门口和小西街大路旁，报名那天真是人山人海，有父母亲陪着女儿来报名的，有周边居民和过路群众看热闹的，他们都各抒所见，是来评头论足的，好一派热闹非凡的场景。不到两天时间，第一批50个工人很快就招满了。

经审查后，第一批近50名新工人人厂开始试生产了。同时，我们在印染厂内，从各车间部门调人了一些主管、专业人员和后勤人员，主管服装厂生产的有李德芳、吕兰，修理工何厚於，技术设计邱展华，财务管理有王晓娟、魏静华，生活后勤柯培钦。后期还有李文荣、蒋健康、蒋尚克、严一飞等人，也先后参与了三元服装厂的主要领导管理工作。为了扩大产品销售，我们在三元歌舞厅的楼下（原十吨锅炉）一层，装饰了三大间房子作为店铺，设立了"三元商行"，增设了一批服装模特，作为销售湖州印染厂面料和三元服装厂销售服装。印染厂经过劳动组合，减人增效，从原成品车间抽调了周继萍、赵小红、陈红、戚红红，外加施小强，承包了三元商行。他们从三元服装厂的自产服装，到外地批发男女服装，在三元服装商行销售，三元商行一时名气很响，一直延续到20年后的2012年才关闭。

我接受工厂发展第三产业，为了能够较好地办好湖州三元服装公司，搞好产品的合理定位，我也常常琢磨这件事情，乃至日思夜想得很多很多。回忆我自己在人生劳动工作的20年中，一直从事知青农村劳动，学过机械、学过木匠都是学的硬的东西，在印染厂的几年管理中一直跟机器打交道，虽然也学到了许多管理知识，但是印染厂管理跟服装厂的管理完全是两码事，我知道面临的挑战也是很严峻的，我必须要有思想准备，比他人更多时间去学习，钻研服装厂的全方位管理工作。

当时，我回顾了中国服装的发展历史，也看到了从这时期开始的湖州民众已从剪布自做服装，转变到了直接到服装店购买成衣的这一潮流。这真是"机不可失，时不再来"。我一改管理服装厂初期底气不足与心中压力，树立了信心与向时代挑战的精神。但我也认为，要能够真正做好这一行，必须要做好市场调研，努力学习服装行业的生产管理艺术。为此，我四处求教专程拜访湖州服装厂、湖州丝绸服装厂的老领导，他们把服装厂管理的经验一一告诉我，我也虚心好学，慢慢地步人了人门的圈子。

服装生产当时有两种渠道，一种是做外贸订单，一种是自己开发特色产品，自己走向市场。我当时的定位思想是，三元服装厂厂小，生产量不大，又有印染厂灯芯绒产品为后盾，就选择了以生产内销的产品方向为主。但是，内销产品服装要有花样、品种、款色、市场营销手段的优势才能打人市场、拓展营销。一款有新颖特色的灯芯绒产品，可以带来很好的销售市场，并有很好的价格回报。因此，寻求一款好的服装样品款式，是企业刚成立之时的重要举措。那个时候，我吃饭走路睡觉都会想，选定怎样一件好的新颖服饰，做成少量样品在三元服装门市部销售，听取市场评判，消费者的反应，如销售好的话，就会做一定的批量，在湖州、杭州、苏州、常熟等城市销售。真是功夫不负有心人，三元服装厂在办厂开始就选定了一批适销对路的新颖服装产品，在湖州市场上也卖得比较红火，对湖州消费者也有一定的影响。

记得《湖州日报》记者曾在1994年年初来厂采访我，并在当年1月17日的《湖州日报》上发表了一篇"'三元'跟着消费者'走'市场"的报道。内容转记在下："谁都没有料到，如今满湖城潇洒的灯芯绒服装，都出自只有110余人的湖州三元服装小厂。不仅如此，不久前一位阿拉伯客商慕名来到该厂，一定要合作生产6000套童装，三元服装厂以客户为先，按时完成并及时出运到了沙特。湖州三元制衣有限公司总经理许瑞林笑谈'奥秘'：'瞄准大众需求，钻市场空档'。基于这样的认识，别人一窝蜂地做丝绸服装时，'三元'却做起了棉布灯芯绒服装。很快走南闯北，让外商爱不释手。如今国外订单任务已排到5月份。为赢得消费者的青睐，'三元'煞费苦心。依靠'母体'湖州印染厂提供的布料，形成一条割绒、染色、制衣一条龙，成本大大低于其他服装厂。公司还专门聘请10多名有设计经验的退休服装师傅，借鉴国外新款式，精心设计。同时请来消费者做设计参谋，并设立奖励基金。有30多名消费者，提供 40 多种服装款式或设计方案，被采纳 16 种，投放市场十分畅销。人民布厂一名职工向'三元'提供了一种棉布服装款式，'三元'经改装设计，成衣一次销售就赢得 30 多万元。'三元'成立仅一年，生产的棉布服装就'吃掉'了整个湖州市场，产品进人全国十多家大商场。去年内销金额达 240 多万元，创利 21.2 万元，成为全国同行业的'一支新秀'。"我们从上述报道，可见当时三元服装厂之一斑。

悠悠岁月，许多事情已经忘却，但脑海中的一件趣事，至今我还记忆犹新。一天，我在湖州老浙北大厦服装商场，看见一位 30 岁左右的女士，身上穿着一件咖啡色的 58×126 阔条灯芯绒做的夹克衫，特别精神好看。仔细端详那件夹克衫，是用斜纹对条要求做成的，特显美观、大方，做工也十分精细。我想这正是符合我的要求，而且灯芯绒是我们服装厂的强项，心里就萌发出一个想法，要借她的服装做样品。但又一想，我们素不相识，这样唐突地借她的衣服，不知后果如何？

正在我思考的时候，那位女子起身离开商场，我紧跟在她的后面，她走出浙北大厦大门，骑上自行车，直向城北方向骑去。我看到这一情况，赶紧骑车跟在她后面，我一边骑，一边想："我用什么方式去借她身上的衣服呢？"而后，慢慢形成自己的借衣理由。我紧追她十多分钟，她在青铜桥脚下一个民居旁边停了下来。我也下了自行车，紧跟着她，拦着她走上楼梯的口子。她显得漠然又紧张地看着我，我快速地作了自我介绍说了"我是新办的湖州三元服装厂的厂长叫许瑞林，想要借你的衣服做工厂样衣"的请求。接着我又马上递上自己的名片，注视着她对我提出索求的反应。说实在，遇到这种场合，她也不好马上表态，她说要到 2 楼家中跟她老公商量一下。

我也随后跟着到他们家里，见到了她的老公，我也同样说明了借她灯芯绒夹克衫的理由，并交付给他们 200 元押金，答应在两天内打好样后马上送还，还承诺送给他们一块灯芯绒面料。他们看我比较诚实，又是那么渴望需求的心意，这女士就把衣服脱了，很乐意地借给了我。两天后我打好样衣，马上带上承诺的布料，送到他们家里，他们都很开心。我们打好样衣，大家观看评选都比较赞同，我们马上做了一批这样衣服的款式，还选择了不同颜色的粗条灯芯绒面料做上衣夹克衫。我们在市场销售时也一炮打响，期望值也是达到了预定的目标。

第 12 章　做服装生意的艰辛

如今回忆，做服装生意是一件不容易的行当，做衣服开始前，首先要在选择优美款式样衣的设计与复制上狠下功夫，这是作为我们小型服装厂打开市场门户的重要环节。我经常会带领服装样品设计人员，到服装市场、大商场寻找优质灯芯绒样衣，作为我们的设计、打样的方向。一段时间我们经常到杭州的龙翔桥市场、福建石狮服装市场、上海一百商场寻求样品，作为我们设计生产服装的蓝本。后来，我们结合三元商行的服装销售，也经常去福建石狮批发市场购进批量服装，到湖州三元商行销售。一些好的样衣，也适量生产，作为我们服装厂的产品储备，源源不断地向市场供应适销对路的服装。

我在三元服装厂工作时，每年都要去两次石狮，主要看一下那里流行的服装款式。因为石狮是当时中国男装新款的批发市场，我在那里了解到，他们的服装厂都有一批设计师。服装款式都来源于中国台湾、中国香港、8韩国、日本等国家和地区，信息量特别大。在国外拍下的服装照片或购买的样衣，有些服装样衣是走私进来的，这些样衣和照片，只要一到石狮，第三天就会在当地许多大街小巷门店和批发市场摊位上出现该款的小批量销售。而购买他们这批量样衣，一周之后会在全国各大城市的批发市场，展示出石狮购来的服装样衣。一旦销售可以的话，会电话打到石狮的购货店，需要购买那个看中的样衣的数量、价格、发货时间，双方达成生意付款后，一周之内一定会从石狮的服装市场打成大包运到全国各大城市的批发市场。我们三元服装厂因为有门市部，也好几次通过这种方式，向石狮批发购买服装，在三元服装商行销售石狮的流行服装。

在石狮买衣服你也要当心，当你走进他们沿街面的店里看服装时，当你看不中商店里的服装，临走时店主就会带你去他们的里店，就是这幢房子进去的第二间，也放满了服装让你挑选。如果你还是看不中的话，他还会带你进去到第三间。当你踏进第三里间时，店主的讲话口气就不一样了。会说你这客人太挑样了，有时会出现强要你买的口气，还会出现一个高大的男人，陪着店主非要你买他家的服装不可。碰到这种情况，你还是识相地跟他买几件服装，免得招惹是非，发生意外。他没有看中你背包里的钱已经是万事大吉了。我经历过这次事情之后，到石狮购样品衣也格外地小心了，再也不敢贸然进入他们的"店中店"了。

做服装也是一件相当不容易的事。一件好衣服的制成过程很复杂，选用好面料后，要经过裁剪、缝纫、加工、钉扣、绞眼、整烫包装等多种工艺外，还要服饰配制（即相应颜色的线，相应颜色的纽扣），商标，拉链，有些还要配制腰带、绣花等，真是流程复杂，工艺繁多。一件好服装还要检验它的线条平直度，特别是对衣领、门襟的一号部位，更要有相当好的缝制精密度、平直度才能达到大商场的进货要求，如果做外贸出口，还要做到检验合格后才能出厂，真是要花尽心血才能做好。

三元服装厂有时也做一些外贸，主要是协助外贸厂做一些补充订单。我厂看来是个小厂，百十号人每天生产出的内销产品，要拿到多少个商场，才可以将这些产品销售出去。当时，我们眼前的销售问题也是一个难题，必须自己找米下锅。因此，厂长跑市场，厂长做销售，这也是义不容辞的责任。为了打通销售环节，我只能又当厂长又当销售员，哪里有困难就到哪里闯。我买了个大箱子，下定了走南闯北打通天下市场的决心。1993 年秋天，我拿了一只大号旅行箱，里面装满了厂里新设计的样衣，单身一人去了长沙、天津、北京、沈阳、哈尔滨、大庆、齐齐哈尔，向北方大城市的大型百货大楼，推销我们湖州三元服装厂的产品。我一边用心地介绍我们三元服装厂是用了纺织部评定的优质灯芯绒面料做成的服装，特推广到中国的北方市场，也受到他们热情的欢迎，同时也常碰到一些不尽人意的事情。

当我从哈尔滨邱林商场再启程，拖着大旅行箱乘着公交车，行驶在哈尔滨到大庆的中国最早的柏油马路上时，稀稀拉拉很少看到有汽车来往的场景。这与20多年后的今天相比，那宽阔的高速公路，川流不息的汽车，沿路看到城市的高楼大厦，真是天壤之别。那时汽车沿着公路开去，一路看到的都是很矮的泥土房子，还有一大片、一大片的沼泽地，一片片的盐碱地。有时汽车开了几十公里路，公路两边都看不到一个村庄。那时这些地方真是太贫穷了，若没有大庆油田的开发建设，没有改革开放的强国富民政策，真的不知道要待多少年才能改变面貌。

　　三元服装厂的灯芯绒服装，销售是个难题，我们尽量销售到那些很少见到灯芯绒服装的城市，这样大家看到后比较新鲜。我们到处找市场，找城市。北方地区改革开放还是在初期，一些生活还相当贫困的地区，不安全因素很多，骗子诈骗、敲诈勒索的事情也经常发生。一次，我和市场部小钱一起去安徽阜阳，乘坐半夜两点钟到站的火车，我们叫了一辆三轮车找旅馆，三轮车车夫拉着我们找旅馆。我们告诉三轮车车夫要住大旅馆，但三轮车车夫净把我们向小旅馆拉，在几条街上转来转去，转了一个多小时，不时地还有其他三轮车车夫出来助阵、挑逗，说他今天不会找到大旅馆的，还是坐我们的车帮你找。那次我俩真是害怕极了，因为我们拿了很大的两个包，那个时候我们经常出差的人，大半年未回最后找不到人的现象也是很多的，而在半夜三更人生地不熟的地方遭人盘算还是首次。后来快到天亮的时候，我们强行要求这个三轮车车夫随意把我们放到火车站人比较多的地方，照他的要求付了高额的车费才算了事。

我们只好在火车站坐等天亮，想想那次遭遇真是有些心寒，这个打着劳动者幌子的三轮车车夫实在让人憎恶。

那时我们以一个服装厂为主，也为其他服装配合做一些外贸服装。做外贸订单质量和交货时间是最主要的关键，为了抢交货时间，有时连续几天几夜加班加点赶制服装。当全体工人半夜加班干活时，我总会通知相关人员买好夜点心，送去给夜班工人们作半夜餐。有几次，夜里加班赶做衣裳，到天亮鸡叫时产品还在流水线上，而要向外贸交货的汽车，早已等在厂大门外的这种情景，也时有发生。

我现在回想起来，办服装厂这个行业，做服装工人这个职业，真是一个苦行当，无法以合理的时间、计划、生产，实现平稳的销售。在这三年多辛勤的办厂中，我所经历甜、酸、苦、辣，喜、怒、哀、乐的滋味，将永远铭记在我的心中。

第 13 章　工厂分房那些温馨的日子

我进湖州印染厂工作以后，先后共参加过三次分房，第一次分房，我还在设备科担任副科长。那是在 1982 年的下半年，印染厂分房领导小组要到我家里去测量房子。我家的房子是我妻子的父母亲留下的，在湖州衣裳街积善巷 4 号，一个院子里住 3 户人家，我们家是妻子与她姐姐分住了她父母留下的居民房。岳父过世后，岳母去杭州她儿子家里住了，姐妹俩把房子分割一下，我们分得的是楼下 6 平方米的厨房间，楼上 8 平方米房间搭了两张床，一家三代 4 个人住在一起，真是挤得要命。当厂分房小组的六七个人踏进我家的房子时，连转身的余地都没有。他们夸赞说："你们的房子太小了，但是房子整理得非常干净啊！"在每年的过年前，我和妻子买了许多报纸和纸板箱，用化学褙糊让旧房重换新装。楼房的"报纸房"墙壁和屋顶全部用报纸糊的。

现在回想当年的房屋翻新也挺有意思的。有时我们俩要折腾一整天，晚上还要弄到十点钟，房子虽小，但一家 4 个人住在干净整洁的"报纸房"里也非常开心快乐。特别是我爬在梯子上提着榔头钉纸板、糊报纸的时候，妻子一边指挥、一边又提着糊好浆的报纸递给我，我母亲在地板上摆好报纸刷褙糊。一家人无形间达成的默契更觉得做这样的事情是一件快乐而有趣的事。那时候女儿晓燕已经上小学二年级了，会哼着从学校里面学的歌《我爱北京天安门》，在我们面前一遍又一遍地唱，虽然辛苦，但是听到女儿的歌声，我们忘记了所有的疲惫。

过了两个月，厂里的分房领导小组公布了分房名单，我分得印染厂在石乱巷的一套老式宿舍房底层（旧房），面积较大，共有 40 平方米。15 平方米的厅房我妈住，10 平方米中间房我们夫妻住，5 平方米里间屋女儿晓燕住。客厅外面，有一个 14 平方米的天井，天井前面有一个 12 平方米的灶间，我们在灶间烧饭、吃饭。我们分到这个房子虽然也是老式房，但对我家来讲已经是说不出的开心了，摆脱三代同住一间屋的苦恼，还有一个好处是，我到厂里只要走三分钟路，妻子到厂里上班只需走五分钟，两人上班特别近。

　　我家分到房子以后，我花了两周时间装修，把整个房子用油漆和涂料粉刷一遍。灶间也配套了煤气灶，使用的是罐装煤气。天井里搭建了一个花台，可种上一些花草之类的，还种了一棵桃树，我们还特种了一些葱、大蒜的，可随时采摘烧菜之用。妈妈也特别开心，她老人家活动的空间大了，她住在中间的客厅里，每天很早就起床给我们做早点，让我们吃好早餐去上班、孙女去学校读书。我们在客厅里还装了吊顶的电风扇，到华丽家具厂我的技校同学冯超厂长那里定做了两个沙发，自己做了一只茶几，在客厅的五斗橱上又买了一台12英寸的金星牌黑白电视机。妈妈特别喜欢看古装戏，经过几年的打拼，我们的生活条件又有所改善，我们买了一台福日牌14寸彩色电视机，这段时期可以说是我母亲最开心、最幸福的日子了。

　　女儿晓燕也同样，她有了自己的小房间、小天地，慢慢长大的女儿，她开始有自己的个性，开始喜欢跳舞唱歌，后来又喜欢上了绘画，我们看到她在学校美术课上画的画，感觉她进步很快，老师也多次表扬她。她在衣裳街小学读书，小学毕业在读初中的时候，离家较远。那天放学回家，大家准备一起吃晚饭时，她提出要买辆自行车骑车上学。我跟她讲"你还小骑车上学路上不安全"，她就连饭都不吃非要同意她买车之后才吃饭。心爱的女儿这种好强的性格，我从内心还是很喜欢的，在我的赞同下大家也都同意了。当她听到我们同意买车后，高兴得跳起来，居然把厨房间梁顶吊饭篮的满篮子饭都打翻在地，地上一片狼藉，我赶紧跑上前看女儿的头有否碰破，结果还好，没有撞伤才放心。第二天，我带她到百货大楼，购买了一辆她心爱的 24 寸漂亮的"海狮牌"女式自行车，我花了两天时间，手把手地教她怎么骑车，注意前后刹车的使用方法，不到两天她就学会了骑车。但我不放心，初学的两周时间，我会经常出现在她的背后，偷偷地观察她的骑车状况，看到她能熟练掌握上下车，正确使用刹车后我才放心让她放单挡骑车。

搬新家之后，妻子到制药厂上班，只需走 5 分钟路就到厂里。她在制药厂里一直当班长，是个老党员，厂里领导一直器重她。她先在冲剂车间蒸煮药，后调到水剂包装间当班长，带着十多个人装瓶装板蓝根等中药材。每天要完成厂部下达的生产任务，也经常要上夜班。我晚上不加班的日子，都会骑自行车去接她，后调到厂部经营公司门市部当营业员后，就做了常日班。她在制药厂的日子里，我在印染厂，两厂很近，有时候我会跑到制药厂去吃中饭。制药厂吃饭在食堂的一张大桌上，放满每位职工各自从家里带来的熟菜，米是自带放在食堂旁边的不锈钢蒸箱里蒸熟的，吃起来特别香。我与她们大家一起吃饭，许多女工会省下一点菜给我这个男同胞吃，凡她们给我的菜，我照单全收，来者不拒，会吃得又饱又香，一时她们传出俞金珠的老公是个"饭桶"。虽然我胃口很大，但那个时候我就是吃不胖，体重一直保持在 100 斤，所以大家也叫我"小小排骨精"。直到现在，几十年过去了，我们都成了晚年的朋友，有时一起跳舞、一起唱歌、一起去旅游，有时还会说起当年我这个"饭桶"到制药厂吃饭的场景。

住在石乱巷 6 年的时间里，是我们一家人最开心、最幸福的 6 年。虽然我们夫妻俩工作很辛苦，但回到家看到母亲身体健康，女儿快乐成长、学习进步，生活条件也是如芝麻开花节节高，更上一层楼，我们深感欣慰。我们下班回到家，母亲已经烧好了晚饭，我们时常家里有一荤三素，每月还可以吃到一次两荤两素，鱼肉也经常能吃到（当时买鱼买肉还是要凭票的）。全家吃晚饭时，当我们端着热腾腾的白米饭，女儿每天少不了的一个私房菜——水蒸蛋。

我们一家人

那时候的生活比起我知青时候在农村的生活，我感觉有了很大的差别，我个人事业的发展、家庭的其乐融融、长辈幸福安康、儿女的茁壮成长，这一切都让我满足。幸福是自己创造的，每到周六，吃过晚饭后，妻子会扶着母亲，我手拉着女儿，我们一家四口经常会去朝阳电影院看电影。为节约些钱，我们都会买月票。买一张月票只要十多元钱，可以看30场电影。有段时期，只要朝阳电影院有新片到场，我们都会必看无疑。

湖州传统习俗要为儿女办十六岁生日酒，女儿转眼间到了十六岁了，她的十六岁酒也成了我们家庭中的头等大事。生日酒的前一个月，我们就去商场为女儿买了一件宝蓝的棉布纱卡上衣和紫红色的灯芯绒裤子，一双白色的袜子和一双丁字形的大红皮鞋，还买了漂亮的发夹。女儿穿着这身服装，特意到我们印染厂工会领取最后一次独生子女补贴费，还拍照留念。生日那天，我们准备了两桌酒，把湖州的亲戚都叫到家，又准备了好几天的菜，买肉、杀鱼、杀鸡，我还特地跑到乡下，弄了两只甲鱼，在生日酒上招待亲朋好友，还叫了印染厂的厨师烧菜，精心筹备，让女儿度过一个快乐的十六岁生日宴。

六年后，1988年，湖州印染厂又迎来了第二次分房，我又顺利地分到了西源桥边的一幢印染厂自建的二室一厅中套新建房，单梯左右各住4户人家，五层楼共住18户人家。我搬进了靠近环城西路对面的二层楼上，面积只有46平方米，实际上没有石乱巷的房子大。但房子是新建的，有化粪池，再也不要挑水，倒马桶了，生活上方便了许多。我也精心地设计了一番，10多平方米的中间客厅贴地砖，灶间地面贴地砖，墙面贴白色瓷砖，也用上了煤气瓶，排烟吸尘器。室内有一个加淋浴间在一起的3平方米卫生间。大房间14平方米我们住，小房间10平方米女儿住，母亲在客厅间搭了个床。当年所有房间的装修大多采用护墙板的式样，我买了三夹板双对开（就是把一张2.44米×1.22米的三夹板锯开成四块），每块是1.22米×0.61米，把屋子全部围包，筑起1.22米高的护墙，这样的装修在当时已经很不错了。靠环城西路的阳台，我自己还做起挡风的一排窗，里面还可以搭一张90厘米宽的小床，这样我家的住房条件又得到了进一步改善。我所经过的分房历程，我想也是当时我们工薪阶层分房的一个缩影，从困难中得到改善，从改善中不断提高，体现出我们社会的不断发展与进步，这也是值得我回忆的一些乐事。

2016年2月，我的外孙沈冲也迎来了十六岁生日，我们在湖州东吴国际开元明都大酒店，宴请了我们亲朋好友、同事。富丽堂皇的大厅，有几十桌客人，并请了庆典公司，相比于30年前女儿的生日宴，已经有天壤之别。时代的变迁，生活的改善，我们真正感受到"国兴民安、家和万兴"的气象，我也衷心地感谢我们的祖国，感谢一路上相伴的人、亲人、朋友、同事。感谢生活的馈赠。

第14章　我们至爱的母亲

世界上有一种最美丽的声音，那便是母亲的呼唤。

我内心一直敬仰我的母亲，她给了我的生命，并教导我做人、为人的道理，我时刻都铭记在心里。她身上集聚了中国传统女性的优良品质。我们在下放农村那段最艰苦的日子里，她跟我们到乡下，割草、喂猪、种自留地，从来没有抱怨。总是默默付出，总是鼓舞我们，她以一种无私爱护的信任，坚定顽强的言行激励着我们，给我们生命，力量和勇气。

我的母亲

她一直在说，你们最终会上调

成为城里人的。那一刻，我觉得所用的努力都值得的，我的心中会长出坚定的力量。

那时，每当周末我也会骑着三轮车拉着母亲逛湖州城，看看湖州城市的变化，会经常去莲花庄、骆驼桥、湖州大厦等湖州最高建筑和风景点，同时也到飞英塔、衣裳街、爱山街等我们曾经生活过的地方，看看过去的邻居和朋友。当我陪同母亲到飞英塔公园玩的时候，母亲就会跟着唠叨，我从小出生在这里，飞英塔旁边的一座小屋里，我们房子的外边墙角上，有一块记载唐代某某年间建造飞英塔的记载。我小时候一直是一个顽皮的孩子，五六岁的时候特别调皮，曾经扔石子把一个路过的老师的头砸破了。另一次是与另一个小朋友玩耍后，快步奔跑到大门外路边的小河里洗手，一不小心掉在河里，呛了许多许多的水。另一个玩的小朋友吓坏了，逃到自己家里去了。幸亏有一个路过的修雨鞋的工匠，把我从河里拉上岸边，才得以获救，我的生命是幸运的，内心一直感激这个不知名的工匠。

陪着母亲到爱山街工人宿舍玩的时候，一大群邻居会拥到我们的车边，跟我们聊天。我们在这里住了近20年，有非常深厚的感情。我的母亲真诚朴实，对左邻右舍很好。我8岁住进这里，19岁下放到农村，从少年到青年时代都在这里度过，与姐姐、姐夫和外甥一起生活。后来姐姐一家搬到三元洞府工业局分配的房子住了。我们重访曾经生活过的地方，母亲会说在这个地方我是怎样将头部烫伤的。那是我读初二时发生的事，我们一大堆小伙伴们玩的时候，另外一个小伙伴的热水瓶碰上我的头破碎了，满瓶滚烫的热水浇满了我整个头部，我满脸都是大水泡，后来送到医院去包扎。这时，学校暑假已经结束，初三的学生已正常上课十余天了，我就放弃了学习不再去上学了，有时还做些临时工挣点小钱，以添补家用。

在陪同母亲到积善巷看望老邻居时，母亲就会聊起我平生第一次痛打女儿晓燕的事，当然此事我也牢记于心。五六岁时的晓燕，放学回家后就与几个女同学在馆驿河头玩，从我老家大门出去左转20米就是馆驿河头的河边，许多轮船会经常停在码头边，河里的水在中等水位时，这些轮船的上船口实际与岸边也差不多高度。孩子们从岸边跳上船头，又从船头跳下岸，比谁跳得快。这样的比赛太危险了，一不小心就会落水。但这时的小孩还是似懂非懂的年纪，我看见她们这样玩，心里真是害怕极了，万一落水后果不堪设想。有次正好被我碰到，我怒火冲天，一把抓住女儿往家里跑，到家里把她扔在床上，我举起大手啪、啪、啪打她的屁股，发出很大的响声。女儿一开始丈二和尚摸不着头脑，心想爸爸今天要将我怎样？当她受到啪、啪带来的？疼痛后大声哭叫起来，边哭还边求说我下次不去了、下次不去了。晚上，我家4人召开一个家庭会，叫女儿承认自己的过错，保证下次不会再到河边去玩。我平生就这么一次重重地打了女儿，现在我们一家人回想起来都会说，这是"痛爱的处罚"。

母亲在85岁高龄时，身体体质也在下降，因为朝阳电影院也比较远，看电影次数也减少了，她的眼睛视力也在下降，也不大看电视了。我们给她买了一个收音机，每天能听到一些戏曲节目。她最关心的是天气预报，第二天天气情况，吃晚饭时会提醒我们第二天要不要带雨伞。平时早上还是我买菜，母亲会烧饭，我们下班一起吃饭，一家人还是挺开心的。在一个星期六的傍晚我们正准备吃晚饭，母亲的身体突然出现异变，晚饭后她的左手突然无法提起，人也头晕，天转地旋的，过了一阵子，左脚也开始不能提起来了。我们知道出事了，怀疑是否得了脑血栓的毛病，我赶紧叫了120急救车把她送到二院检查，医生诊断说我妈得了脑血栓也就是中风，这是老年人常有的病。我们马上安排她住进医院治疗，希望她的病情能不向坏的方向发展，能得到最佳的方案治疗后，还能生活自理。我们多么希望朝这个目标发展，母亲住院后我白天上班晚上陪夜，一直陪了13天。妻子每天下班到家后马上烧饭，烧好后跑到医院给母亲送饭，我们轮班陪同，我回家吃好晚饭后，马上赶到医院陪同到天亮。休息天我们全部在医院度过。后来母亲病情有所好转，特别是脚，可以扶着桌子、凳子走动。我们出院那天，医生也一直叮咛我母亲要坚持每天下床走动一下。我母亲是一位坚强的老人，从一出医院开始，她一直在与疾病做不懈的斗争，每天坚持在家里来回走动，一只手不能动，就用另一只手坚持做能做的活，她的行动也鼓舞了我们的信心。特别使我们敬佩母亲的是她的精神、她的毅力，还有她的乐观。几个月之后，当她恢复到脚能拐着走，手能小摆动时，也就开始乐观起来，她经常会跟我们开玩笑说，我会好起来的，你们不要担心。为了不影响我们的工作，有时她在走路时摔倒在地，实在起不来时，她可以爬到电话机旁打电话给我们，但她会坚持等到我们下班到家后将她扶起。我们叮咛她不管出现什么事，千万要到电话机旁打个电话给我们，但她怕打扰我们的工作而不愿意这样做。有时半夜里起床上厕所，她摔倒在地，宁可等到天亮我们起来后才叫我们扶她，她这种体谅小辈的心情，常使我们感动得热泪盈眶。

那时，妻子作为媳妇，挑起了家里重担，特别孝敬婆婆，母亲瘫在床上整整6年中，妻子日复一日，都是耐心地服侍母亲，自己厂里工作从不间断，只能合理地安排好家务劳动，烧饭、炒菜、洗碗、洗衣、拖地板，搞卫生样样安排得很紧凑。母亲刚得病时不能吃饭，我们两个人轮流喂她好几个月，后来慢慢好转，能自己吃饭，母亲的擦身、换衣裤、洗脚、洗衣换被子，妻子担当起这个责任整整6年的日子，真是日久见真情呀！凡有亲戚朋友走到母亲的床边，都闻不到一点异味，这也

我和妻子陪同母亲

是我一生中十分感激的事，我有一个好妻子，母亲有个好媳妇，这也体现了中国优秀妇女的良好品德。

1995年的秋冬，母亲的身体越来越差了。中风之后，躺在床上整整6年，前4年她还能坚持起床，坚持走动。但后两年她很少起床，体力已经支撑不了她的走动。有几次到医院去看病，在楼梯

上我要背上背下，但医生检查不出毛病，配点药就回家休息。我们俩还是要上班，我们专门从乡下请了一个帮工帮助照顾母亲，请来的阿姨也很认真负责，农村的阿姨力气大，可以帮助母亲每天洗洗擦擦，帮我们烧饭做菜也挺勤快，我们都相处很好。时间一个月、一个月地过去，但母亲的身体每况愈下，在床上连翻身的力气都没有了。晚上我们下班回家在床边跟她唠叨，她跟我们说她的时间已不长了，你们一家三口要好好过日子，你们要早早地把晓燕和宏斌的婚事办了，我已指望不到看到玄孙了，你们要好好地过日子。

听到她这些心酸的话，我也知道我母亲的性格坚强，不会轻易在我们面前说出这些没有信心的话，我也知道可能真的母亲的日子不长了，那天夜里我偷偷地在房间里流着泪。过了一周之后，母亲在一个星期天的上午合上了她的双眼，享年91岁。我很认真地与妻子、女儿、女婿、姐姐、外甥商量办好母亲的后事。母亲过世后，我们在家里设了灵堂，亲朋好友都来吊唁，入棺的那天晚上，我痛哭了一场。第二天在火葬场焚烧前，又跑到母亲的灵车旁大哭一场。

我母亲是具有高尚品质的伟大母亲，一生中把最好的东西留给了我们，自己历经艰苦地从城市到农村陪着我们当农民，在我们最困难的时候，永远以乐观的精神鼓励着我们。她不向困难低头，不向艰难屈服，挑起家庭的重担。我们下放农村，她放弃城市生活，自愿陪同我们做农民，在农村帮助烧饭、炒菜、种菜、喂猪、养鸡、养鸭，领孙女小宝贝。我母亲的人品得到过所有与她相识人的赞扬，也获得农村生产队老老小小农民的一致称赞。母亲住在农村我们家里时，每遇到田间劳动，许多男女老少农民都愿意到我家来坐一坐，喝喝茶，跟我母亲聊聊天。平时隔壁民汉家，从乡下回城里时，母亲主动会帮他们家喂鸡食、猪食，他们回来的那一天，还会帮他烧好热水瓶的开水，这种情感可能在农村的农民是常有的事儿，现在的城里人左右邻居是很难做到的。远近都公认，瑞林有个好母亲，金珠有个好阿婆，晓燕有个好祖母。她的可贵精神一直在教导着我、鼓舞着我，是我一往向前的强大精神动力。

第15章　女儿一生中的大事

女儿的叛逆举措真给我们添了许多麻烦，"黄毛丫头十八变"一点也不假。她16岁的生日一过，许多事情就由不得我们了。一开始是对她妈妈给买的衣服不称心，开始拒绝她妈妈给她买的衣服裤子，这也不好看，那也不称心，买来的衣服不称心就不穿，搞得我们也很难办。初中毕业之后，她个人坚持一定要学美术专业学校，学习3年以后，有幸通过招工被安排在湖州印刷厂设计室工作。这在当时是一个响当当的好工作，有专业技术是厂里极为重视的工种。工厂的市场营销能否打开，就要看设计师花样设计得好不好了，如果大客户选中了设计花样，就会带来可观的业务量和利润。

当时湖州印刷厂的经营目标，要向卷烟厂的烟盒高档产品发展，瞄准了杭州卷烟厂、安徽的许多卷烟厂的香烟盒子的设计，作为业务发展目标。女儿经常设计精细的烟盒，也经常跟着老设计人员去外地出差参观学习，了解对方客户对设计的实际要求。其间，她参加了湖州市包装协会主办的设计比赛，还拿到了二等奖。

但好景不长，她在印刷厂设计室工作不到两年，一天晚上回家吃饭后向我们提出她不想在印刷厂干了，她要到浙江美院去读书。并向我们说她已经报好名了，浙江美院也已经录取了，学习一年要交3000元学费。我们一家人被她说得愣住了，一时不知怎么办才好，她妈妈坚决不同意，祖母也劝告她，有这么一个好工作不要去读书了！我知道女儿的脾气不表态，就说过几天再说，但心里也有许多矛盾，心想："女儿想到浙江美院学习，高起点求学是个好事情，3000元学费在当时也不是一个很小的数字，但扔掉现成的好工作岗位不做去读书太可惜了，而且美院读书不包分配，毕业后工作没有怎么办？"特别是女儿的辞职报告打给厂部后，印刷厂厂长严旭初还专程到我们家里来劝告她不要走，厂里也准备重用她的，也想争取我们父母再帮助做做工作。

女儿的脾气我很清楚，她想要做的事情是十头牛也拉不回来的。我只好同意她去浙江美院读书，并做好妻子、母亲的思想工作。那天我专程安排汽车送她到学校，20多岁的姑娘第一次离开家里的大人，单独去杭州读书。去的那天我母亲和妻子偷偷地在被子里流眼泪。

在美院读书的那段时间里，在老师的培养指导下，系统地学习绘画艺术，绘画水平大大提高了。有一次我去她学校看她的时候，她突然带来一位男同学跟我见面，并向我介绍这个同学叫沈宏斌，老家在浙江省淳安县千岛湖。他俩志同道合，很谈得来，并很快确定了恋爱关系。那天一起吃饭时，我仔细观察了这个小青年，他比女儿晓燕大一岁，高高的身材，宽阔的肩膀，一看就是个英俊的小伙子，谈话也很诚实，写得一手好字。我内心想女儿找朋友也很有眼力，我也暗示女儿什么时候让我们双方父母见个面。

1993 年，晓燕、宏斌在学校边学习边谈恋爱，看到女儿的决心已下，非要找沈宏斌不可，而且两人商量学习毕业后就到湖州来创业。我们夫妻俩与母亲商量表示同意，心想晓燕也有 23 岁年纪了，女大当嫁也是必然的事，而且两个人都比较般配，我们商量后赶紧要去会见亲家。那年冬天，我和妻子冒着严寒去了千岛湖，第一次去叫了我厂的驾驶员玉林来开车，沿着一条老公路（那时高速公路还没有建），边问路边向千岛湖方向开去。从湖州出发开了 4 小时后，到了淳安县城外，快进城的时候，盘山公路蜿蜒曲折，汽车颠簸不堪，山路真不好走，又走错了路，我们绕到山里去了，差一点迷失方向。那时的手机联系信号也不好，我妻子乘车奔波后晕车吐了好几次真是难受极了。最后折腾了 6 小时，终于到了亲家的家门口。他们一家 5 口人已在马路边等我们了。下车后宏斌母亲赶紧扶着金珠，我见到了宏斌的父亲，高大的个子，胖胖的身材，说话很客气很亲切，以前已经知道他是淳安中学教师，还感觉到他很有点文化味。宏斌母亲是小小的个子，精干的身材，走路很有精神，她衣服也穿得很朴素，还有宏斌的姐姐、妹妹，他们一家 5 口有2个女儿，只有宏斌1个男孩子。

我们边谈边向他的家里走去，我与宏斌妈连拖带拉地把金珠扶到楼上的家里，宏斌妈赶紧把房间的大床铺好被子，让金珠休息。我不感觉到什么累，就与他们二老攀谈起来。我们两家也很谈得来，他们家只有一个儿子要到湖州去创业，他们也支持；在湖州成家，他们也同意。唯独他们有个顾忌的是宏斌、晓燕在湖州创业，成家生下的孩子姓谁家的姓？这是大事。我看出他们的心里困惑后说："这个我们知道，你家也只有一个独生儿子，生下的孩子一定姓沈的，请你们放心！"他们听了高兴极了。晚饭他家烧了一大桌菜，鱼、肉、虾样样有，又拿出好酒招待。那天我和亲家每人都喝了半斤多白酒，感到特别爽快开心，金珠到吃晚饭时身体已好转心情也好多了，晚饭也吃了许多。宏斌妈特别好客，一筷子、一筷子夹着好吃的菜，往我们的碗里放，饭碗里只见菜不见饭，他们太客气了。

20多年过去了，我们两亲家虽然分居两地，也都经常电话来往道个平安、问个好，每年都有往来走动的。宏斌、晓燕都很孝顺，经常安排我们赴国内外旅游。我们两亲家4人一起去旅游过北京、海南，我们大家庭7人也一起旅游过中国香港、中国澳门、新加坡、马来西亚、泰国、法国、意大利、瑞士等许多国家及地区。近几年，千岛湖也开通了高速公路，从湖州去千岛湖只需要3小时的时间，不像当年要一整天才能到达目的地。

晓燕、宏斌从浙江美院毕业以后就一起到了湖州，在湖州成立了一家广告公司，帮助湖州的企业和一些酒店做装潢设计。宏斌设计的酒店和公司的办公楼装潢确实也不错，他们设计很用心，经常做图纸到深夜，由于思路比较创新，很受客户喜欢。像湖州欧美环境、超越大酒店、湖州美欣达集团办公大楼等，还有诸多其他设计，都是做得比较成功。在湖州的装修界小有名气。后来晓燕选择了到美欣达工作，整个装修公司由宏斌一个人带着团队创业。

1997年10月，经过两家父母的再三催促，宏斌、晓燕选择了一个黄道吉日结婚了。他们的结婚仪式分两次进行，男家的宴席安排在千岛湖，我们夫妻俩和主要亲戚也到了千岛湖。那个场面很热闹，摆了30桌酒，当地的亲戚朋友都来了，我们湖州去的亲朋好友去喝喜酒都很开心。没有到千岛湖玩过的亲朋好友，第二天我们还特地包了大船游玩了千岛湖的许多景点。同样，在湖州我们也举办了女儿、女婿的婚礼，也同样摆了30桌酒席。千岛湖也来了很多客人，我们大家都很开心地办了热闹而又欢乐的婚宴。

宏斌、晓燕结婚后，也算完成我们人生中的一件大事。这一对曾经嗷嗷待哺的小鸟，现在也能够在市场经济的长空中自由翱翔了，看着儿女们有幸福的婚姻，稳定的工作，对生活的热情，我们无比欣慰，感恩生命。

下篇　跨上厂长台阶后的重负

湖州市在20世纪90年代初首先推出企业第一轮厂长承包责任制后，先头几年各个企业都出现了一个好的势头，生产指标也上升了，干部职工的积极性也有大幅度提高。浅层次的矛盾也一时得到了平稳和解决。

作为湖州市十六家重点出口外贸企业的湖州印染厂，实行厂长承包制后，前期很有成效，但这种匆匆而来的成果最终也匆匆而去，成绩掩盖了弊病，最终因为没有解决深层次的问题而无可奈何花落去，企业是无法跨步前进的，前任厂长是这样，后任厂长也同样遇到绕不开的困境。

第1章　工厂承包由喜转忧

湖州市印染厂自20世纪90年代开始，以姚培荣厂长作为第一任厂长承包责任制开始后，也实行责、权、利相结合，取得了市场经营的自主权，在厂内对生产管理实行层层分包，并且进一步加大了车间、班组的产品质量与奖金挂钩的承包方案。开始时大家的积极性很高,生产指标上去很快,干部职工的奖金也拿得比以前多了许多,一度企业呈现产值总额逐年上升,经济收益比较平稳,以外销为主的经营策略不变,内销产品开拓发展的势头也比较迅猛,特别是大提花漂白、染色产品等外贸外销的龙头品种的生产势头特别红火。

第一轮厂长承包责任制也给了厂长更大的权力,一直在国企中争论不休的厂里到底是谁最大,是书记大还是厂长大的问题,厂长听书记的还是书记听厂长的,这是一个多年来各个国企存在争论一直没有定论的矛盾。这次厂长承包制也给厂长吃了一个"定心丸",上级也下达明确的文件,企业以生产经营为主体,在企业中厂长是第一责任人,书记是协助厂长、配合厂长做好思想政治工作,以保障完成上级下达的承包任务。

湖州印染厂的厂长承包制,几年之后也相继出现了新的情况,一是工厂领导班子削弱了,原印染厂领导班子的3个副厂级领导,全部被安排去搞三产经营了,厂长的重大决策,缺乏有经验的班子成员提出建议的程序,难免出现片面性;另一个是工厂新提拔的中层领导干部,特别是生产车间的承包领导者,尽管在承包经营时信心十足,有的还夸夸其谈,但由于自身的政治素养与管理水平欠缺,上任后缺乏管理经验,办事简单粗糙,工作上出现一些问题以后,也没有沉下心来好好分析原因,缺乏有事与大家商量,群众基础较差。有的还认为:我是承包者、我是这里的头,一切由我说了算,久而久之与工人形成对立情绪,人心不齐怎能搞好生产呢?更有甚者,有的生产车间

我和姚培荣厂长90年代初在上海合影

承包者目光短浅，只顾眼前利益，思想麻痹，出现放松质量管理现象，把大提花产品认为是"跑量"产品，认为质量放松一点儿不会受到影响的。同时，还放松对大提花的坯布供应商的质量检验关。这样造成坯布进货中以次充好、缺斤短码现象常有发生，究其深层原因不言而喻。

由于印染厂在推行承包责任制以后，出现了承包后忽视了必要的政治思想教育工作，一些工人的工作积极性被挫伤，此时工厂里的人员，特别是国企没有有效的方法留着具有一技之长的专业人员。在承包责任制期间，湖州印染厂的许多有管理能力的干部流转到政府机关、其他工矿企业，也有许多在改革开放中选择自己开店做生意办企业等。还有更重要的深层次的原因，工厂的历史包袱太重。湖州印染厂是一个专业技术要求很高的企业，前一时期为了促进企业不断发展，赶超国内先进水平，在发展进程中经常要进行技术革命和技术改造。每一次重大技改任务，都要大量借款银行资金，几年之后，利本相加形成巨额负债。企业没有能力归还银行的巨额借款，企业每月的财务报表中，财务成本逐月增加。1994年，整个湖州印染厂在我进厂15年后，从红红火火的发展进程下滑到一个低谷，步入了一个大的困境之中。

然而，从整个国家与全市的情况来看，改革开放形势一派大好，不少企业按照"解放思想、抓住机遇、发奋图强、再次创业"的要求，加快科技发展，加大开放力度，着力提高经济增长的速度和效益，确保经济持续、快速、健康发展。如在20世纪改革开放中脱颖而出的金洲集团有限公司、永兴特种不锈钢股份有限公司、浙江长城电子科技集团有限公司、浙江先登控股集团股份有限公司……他们乘着改革开放的东风，在新的不同行业中崭露头角。

1994年湖州市三届人大二次会议，在通过的《政府工作报告》的决议中指出"进一步要求全市人民必须坚持邓小平同志建设有中国特色社会主义理论和党的基本路线的指导，进一步解放思想，实事求是，围绕经济建设为中心，抓住机遇、深化改革、促进发展、保持稳定"。市政府还要求"紧紧把握改革，发展稳定这条主线，坚持'两手抓、两手都要硬'的方针，大力推进社会主义精神文明建设和社会主义民主法制建设，认清形势，统一思想，明确任务，充分调动各方面的积极因素，为提前一年实现我市第八个五年计划的目标"。

1995年2月9日至11日，全市经济工作会议在湖州召开。会议总结了1994年的工作，根据市第三次党代会精神和市委、市政府 1995 年工作要点，部署全市经济工作。会议提出 1995 年和今后一个时期湖州工业发展的基本思路是：以贯彻中央关于"抓住机遇、深化改革、扩大开放、促进发展、保持稳定"的二十字方针，以改革开放为动力，以调整结构为核心，以依靠科技和强化管理为途径，在继续发挥"轻、小、集、加"传统优势的同时，着力培育新的支柱产业，加速优化工业结构，努力实现市场国际化、技术高新化、经营集约化、企业规模化，在继续扩张工业经济总量的同时，更要着力提高工业经济增长质量，努力把湖州工业经济的整体素质提高到一个新水平。

由于多种原因，湖州印染厂在发展进程中步入了低谷，工厂发生巨大的困难，对照上级对工业企业改革的高标准要求，面对印染厂积重难返的实际，承包厂长姚培荣已缺乏对这个厂的管理信心，并在 1994 年年底个人向市经委打了报告，要求辞去湖州印染厂厂长的职务。

第 2 章　受命于危难之际

湖州市经委接到姚培荣厂长的辞职请求报告之后，经委主任史方十分重视，立即组织了经委工作小组，并且组成工作班子进驻湖州印染厂，深入到工厂进行调查研究，实地了解企业现状及存在的困难，弄清厂长要求辞职的主要原因。当时，经委领导也考虑同意姚厂长辞职，但是又在考虑如果姚培荣厂长辞职后，由谁来担任该厂厂长比较合适这个问题。这时经委工作班子，组织了工厂中层以上干部会议，主题就是经过民主测评，由中层以上干部推荐由谁继任印染厂厂长，并把民主测评的情况报送到经委，待经委领导班子研究决定。

1995年3月20日，市经委主任史方，把我叫到他的办公室，向我宣布经委领导决定由我当印染厂厂长。听了这个决定以后，我本来还想解说一下，我确实喜欢把三元服装厂搞下去，印染厂的确有很大的难点，有历史遗留的巨额欠款问题，内部人心涣散问题、企业管理薄弱问题等，今天的现状是由许多历史原因积累造成的，冰冻三尺非一日之寒，我去挑这个担子并非能挑得起。但是不等我解释，史方主任就制止了我，口气很严肃地对我说："你是共产党员，在企业遇到困难的时候你要敢挑重担。再说你有群众基础，当过八年的生产副厂长，有一定的管理经验，你在印染厂人头熟，大家都了解你。再则，我们经委一定会全力支持你去开展工作，有大的困难我们也会找市领导解决。"史方主任已很严肃地把话说到这个份儿上，我也没有话可以说了。

1995年3月25日下午1时，由湖州市经委韦副主任带领经委办公室、人事科的几位领导，来到湖州印染厂召开了全体中层以上干部会议，40多名印染厂厂级领导和中层干部，全部集中在4楼会议室里，气氛显得有些严肃紧张。不过内部极大多数人员，都已经知道了今天召开这个会议的主要内容，并在前段时间都在厂里议论，姚培荣厂长要求辞职了，由谁来担任厂长，大家都在猜测着。有的说由本厂内部产生；也有的说由外单位派人到厂里当厂长。我已经知道自己要挑起这副难挑的重担了，想想今天在大会上一宣布，明天我就要担任湖州印染厂的厂长，我深知这副担子是无比的沉重，因此心里的压力很大。

我和臧克照书记五天前就知道了这个决定，面对有452个职工、167个离退休人员、61名下岗职工，我俩一直在商议着怎样组阁，主要科室和主要车间领导班子要不要变动，怎样变动？市场拓展思路的主攻方向是在哪里？还有我们两人各自带领着的两个公司，即我带的三元服装厂，臧克照带领的包装材料厂，也需要马上确定好领导人选，便于进一步顺利运转下去。

当天的会议开得很简单，由市经委韦副主任宣读了一个市经委文件，大概内容是"湖州市经委，委派工作小组驻厂调研，经过前一阶段对工厂各部门、车间多方面了解情况，经研究决定'同意姚培荣同志辞去湖州印染厂厂长职务，由许瑞林同志担任湖州印染厂厂长职务'"。文件宣布下达以后，按照惯例由韦副主任讲话，他满怀希冀地要求全体干部，要在许瑞林新厂长、臧克照书记的领导下，团结一致、同心同德、克服困难、共渡难关、抓住机遇、开拓创新，要以深化改革、不断开拓进取的精神，带领全厂职工走出困境，完成上级交给的任务，以良好的成绩向上级领导交上一份满意的答卷。

当干部大会结束前，我也满怀决心地在会上向经委领导和全体中层以上干部表了态，表示要尽心尽力地做好自己新的领导工作，乐意在逆境中为全厂职工服务，挑起厂长应该承担的责任，带领大家在困境中拼搏，努力完成上级部门部署的改革要求和下达的经济指标，决不辜负上级领导对我厂的关怀与对我的信任。臧克照书记也在会上表了态，表示一定要抓好在改革开放中的政治思想工作，做到思想工作两手抓，两手都要硬。并表态要尽最大的努力支持我的行政工作。会议时间不长，很快就结束了。会议之后，前段时期众说纷纭谁来当厂长的猜测，通过这次会议终于尘埃落定。此时，我感觉到印染厂几百双眼睛都在盯着我下一步的行动。

当时外部的改革形势是，全社会工矿企业第一轮的厂长经营承包责任制已经基本告一段落，全国性的企业产权制度改革都在进行，并成为经济工作中重中之重的任务。企业要继续靠国家减税让利，下放权力已不能适应改革发展的要求，必须要通过建立现代企业制度，明晰产权关系，才能促进企业转换机制，适应市场经济的迅速发展。同时，国家也十分重视在工矿企业第一轮的厂长经营承包责任制中，出现只重视经营承包责任制指标的完成，而放松党的基本路线教育、基本国情教育、政治思想教育、革命传统教育的倾向。提出了要围绕经济建设为中心，坚持"两手抓"（指经济生产与政治思想工作）、"两手都要硬"的指导思想，着力加强党的建设、精神文明建设和民主法制建设。

1995 年 7 月 6 日至 7 日，中共湖州市委三届三次全会扩大会议在湖州召开。会议回顾总结 1995 年上半年工作，分析当前形势，研究切实抓好下半年工作的落实。会议强调，要正确分析形势，统一思想认识，做到坚定清醒有作为；咬定全年目标，奋力拼搏进取，坚定不移地促进经济发展不动摇；围绕经济建设中心，坚持"两手抓"，着力加强党的建设、精神文明建设和民主法制建设。全会还审议通过了《湖州市加快党的建设三年规划（1995 至 1997 年）》。7 月 17 日，湖州市委印发《湖州市加强党的建设三年规划》。

为此，积极推进企业产权制度改革，已成为企业自身的迫切要求。湖州市成立产权改革领导小组办公室，办公室主任由原市经委主任史方担任，市政府机关在这段时期也作了调整，成立了湖州市轻纺局，由曹会明担任湖州市轻纺局局长。这时，湖州印染厂的上级对口管理部门归属于湖州市轻纺局，也就是说轻纺局是我厂的上级主管局。随着湖州市的改革开放深人开展，湖州市体改办组织国企负责人去台州、新昌等地学习取经。在产权领导小组的工作指引下，经市政府批准陆续出台了"国有工业企业试行有限责任公司""城镇集体乡镇商业企业试行股份合作制"等四五个产权制度改革实施办法。并进一步推进企业还本租赁，资产转让，国有民营等试行办法。如将湖州市商业局所属的湖州市第一百货商店，改组为规范化股份有限公司；湖州机床厂改组为国有股与职工人股结合的有限责任公司，当年 12 月湖州机床厂建立现代企业制度试点方案，通过省市有关领导和专家论证。全市建立现代企业制度工作从逐步开始向全面展开。

从上述一系列的重大会议、重要文件、计划目标传递的信息来看，当时我国、我市改革开放正在破难拓进，总体上取得了成功。同时，国家在改革实践中，也进一步认识到政治思想工作是一切经济工作的生命线，只有"两手抓、两手都要硬"，才能将改革成功进行，不断夺取新的胜利。

第3章　困难重重的印染厂

　　我被宣布担任厂长以后，最重要的一条，就是首先要摸清工厂的现状。由于我在前几年重点在搞"三产"，主要精力放在三元服装厂的生产与经营上，并搞得十分投人，对工厂本部的生产经营工作不大过问，所以印染厂内部的情况不很清楚。过去有承包厂长负责，我也没有必要去了解更多的情况；但现在不同了，一副重担随着上级主管部门一个红头文件，就一下子压在自己的肩上了，我要重新摆护好工厂的改革，管理并运行好印染厂这台大机器，第一步就是要准确全面地了解工厂的实际情况，才能采取相应对策。为此，我花了一个月的时间，与臧克照书记一起进车间、下班组，召开各种座谈会与谈心活动达50多次，并利用一个多月的时间，先是梳理一下印染厂当前存在哪些主要问题，并与书记形成了共识。

　　通过细致的调研、了解、分析，逐步梳理出了湖州印染厂当时的现实情况：一是出现了人心涣散现象，近几年随着承包责任制的推行，一切工作都围绕完成目标任务转，由于缺乏必要的政治思想教育，许多职工对自己是工厂主人翁的观念被挫伤，原印染厂的干部职工能走的则走，能调的则调，许多有经验、有技术的骨干力量大量流失。

　　二是出现了管理科室设置多，科室人员、辅助部门人员过多的"三多"现象，按湖州的一句俗话叫"鸭多不生蛋"，造成人浮于事。生产车间许多工人思想不稳，职工收人偏低，缺乏有效合理的考核，缺乏市场经济意识，缺乏新的、合理的、符合工厂实际的管理措施。生产骨干中有许多离开国企到民企，高工资高奖金的传闻，时时传到在厂职工的耳朵里，发酵在思想中，造成在职工人的思想动荡。每个月发工资奖金时，工资拿到手就会闹意见，争多怨少，产生情绪，造成生产指标不断下降，工资奖金与产质量指标挂钩考核的矛盾非常突出。许多职工出工不出力，生产为经营服务的意识不强。把八小时劳动当作度时间，没有尽到应有的责任，造成做好做坏差不多，这样就直接影响了工厂产质量指标的完成。

三是经营管理思路陈旧，等米下锅，工厂新产品开发停滞不前，一直引以为荣的工厂拳头产品外销灯芯绒订货单量不断下降；而乡镇企业、周边其他印染企业异军崛起，整个印染业的竞争日趋白热化。但是我厂大提花轧光产品坯布与成品差价低。前道坯布的采购出现小厂的多，造成质量差、收购成本高、产品质量难以控制。生产中的后道轧光工序，由于我厂没有轧光的机械设备，还要在已经较低的差价中，拿出部分加工费，去支付外单位的轧光后道加工费。在改革开放的大形势下，市场变化日新月异，可是我厂对新产品的开发没有思路。对如何参与市场竞争，组织人员研究针对印染市场的变化趋势，计划开发新的适销对路的产品，在激烈的市场竞争中，拥有自己的产品优势，可占一席之地，缺少必要的研究与行动。这样将会使企业缺少发展后劲，久而久之企业就会有被市场淘汰的危险。

以现在的话来说，就是对企业的发展缺乏必要的忧患意识。

四是，工厂历史负债严重。自我1978年进入湖州印染厂，到1995年开始担任厂长的这16年中，工厂从来没有间断过技改和发展。这16年中上交给国家的税金和利润达到3000多万元，但合法合规的留下资金，用于技改新产品开发还是很少的。所以这16年中的大量技改投入资金都是向银行借钱，所以工厂财务成本高财务上出现严重亏损。反映经济方面，工厂在银行负债2700万元，多年的积累应付银行利息款达2000万元，还有职工集资款200万元，工厂的总亏损已经达到了4000万元。记得我厂最后一次技改，投入了约1500万元，主要用于买土地、建新厂房、搬新厂、购买新设备，真是脱胎换骨的大改造、大变化、大升级，但这些资金都是向银行借贷的。我记得当时的银行贷款利率都在年息8%以上，特别是建设银行的一笔800万元的技改借款年利率达到13%以上。这笔技改借款7年之后已经利滚利，滚到了超过原借款的本金。许多工人干部都说工厂为银行打工一点都不假。

我分析梳理了工厂上述四种存在的主要问题后，与臧克照书记统一思想形成了共识，初步构思提出了"振奋精神、迎难而上、团结一致，再造'湖印'"的新口号。同时，我们也希望全厂干部职工做到"正视困难、鼓舞士气、挖潜创新、扭转困局"的这一目标，具体应在措施与落实上做些文章，首先要考虑的是职工的思想和精神状态，只要精神不滑坡，办法总比困难多。

如今，我们湖州印染厂已步入生死存亡的关头，如果我们全体干部职工对工厂、对前途失去信心这个筹码，我们湖州印染厂要重新振兴，只是说说容易做做难，成为一座难以实现的"空中楼阁"。因此，当时我们将振奋全厂职工，对工厂发展的前途重新充满信心作为第一要务。在现实生活中，自信心也是个"大力神"，它能使弱者变强，使强者变得更强。如镭的发现者—居里夫人，当初穿着沾满灰尘和油污的工作服，翻动矿石，搅动冶锅，从堆积如山的含铀沥青中寻觅镭的踪迹时，条件非常艰苦，但她却信心百倍，毫不动摇。成功之后她对她的朋友说："无论做什么事情，我们都应该有恒心，尤其是自信心。"由此可见，事业上的成功固然由很多因素促成，但自信心是成功者必备的一大特征。

第 4 章　迎难而上励精图治

当时，我们还是充满信心，为工厂的重新振兴不懈努力。通过调研考察，不久我厂新的领导班子诞生了。我们工厂新班子：厂长许瑞林、书记臧克照、经营副厂长杨利民、生产副厂长沈建明，办公室主任何一叶、经营一科科长钟建民、二科科长沈新泉、三科科长俞松泉、供应科科长邱卫中、行政科科长宋卫健、组织科科长杨福根、全厂总调度吴序先、染色车间主任孙锡敏、调度潘全应，成品车间主任邱励民、调度张惠良、割绒车间主任梅涛，机修车间主任沈威如。全体中层以上班子人员上任不久，就决定结合全市正在开展的党的基本路线教育和政治思想工作教育，联系工厂实际开展形势任务教育。主要精神就是要认清全国、全省、全市改革开放的新形势，结合工厂实际，明确改革开放的新目标新任务，鼓足干劲，振奋精神，满怀信心，重塑形象，为完成 1995 年全厂的生产任务而奋斗。与此同时，我厂也根据省市所树立的向先进典型企业学习，组织了厂中层和班组长，到浙江省与湖州市树立的几家"抓好党的基本路线教育和政治思想教育工作，重视两手抓、两手都要硬，取得两个效益同时上升的显著成绩，促进改革开放进一步深入开展"的先进企业学习、参观取经。

我们第一次组织参观学习的先进典型企业，是省属企业长兴的浙江三狮水泥厂。因为水泥厂工作强度大，脏乱差的现象在人的脑子里根深蒂固，要成为先进企业的典型更是不易。这对工作条件相对比较好的印染厂职工的教育意义更大。记得那日，我们组织全厂 80 多名中层与各班班组长以上骨干，赴全省管理示范企业浙江三狮水泥厂参观取经。出发时大家在大巴汽车里，许多中层干部和各班组骨干很不服气地说："水泥厂的环境能管理得好，'真是仙人啦爷了'！"（湖州土话，指困难，只有仙人的爷爷才能办到的事）

但是大家一到厂里现场参观了车间控制室的数据，各种精密仪表，所到的几大车间内环境干干净净，大小机器上摸不到灰尘时，我们先是惊讶，接着大家就开始佩服起来了。当浙江三狮水泥厂领导介绍企业如何开展星级管理，把生产水泥产品那极难管理的工作流程，要求工人要以像宾馆服务那样细心精致的要求，用在工厂生产管理中，并以三、四、五个星级管理的要求，在完善企业管理制度，做到各尽所能，按劳分配，奖罚分明。每个工人的工资，每年以星级评定的级数为标准。奖金差距拉得很大，超五星级个人还有分房加分等一系列措施，全员必须参与企业管理的全过程。在深化改革的大浪中，企业不断优化管理，使全年的水泥产量能够达到 100 万吨以上，在当时这已是一个天文数字了。

浙江三狮水泥厂为省属企业，是当时浙江省规模最大的全民所有制水泥厂。1983 年建成投产，主要生产产品为三狮牌硅酸盐 525、早强型硅 525 高标号水泥，销上海、宁波及省内外国家重点工程采用，并出口东南亚国家、南太平洋地区。出口水泥合格率和富裕强度合格率连续 8 年保持 100%。在深入改革开放中，工厂加大开拓力度，抓改革促生产，工厂通过省级全面质量管理验收和国家质量认证。三狮牌 525 硅酸盐水泥，被评为浙江省优质产品，成为我省、我市深化改革的先进典型企业代表。

当天，当大家参观完浙江三狮水泥厂，给大家留下了深刻难忘的印象。原来一直认为印染厂的环境差是天生的，是生产的工艺流程所造成的，要搞好是不太可能的。这次看人家水泥厂，比我们的管理难度更大，它能够一步一个脚印搞"星级"管理，并取得了很大的成功，不仅产品产量直线上升，水泥质量优良，而且营造了一个优良的生产环境，在水泥厂的生产车间，我们连玻璃窗都摸不出灰尘，马达减速器摸不着一点儿油渍。这怎么不令人信服呢！我们为什么不去好好地学习他们的管理经验，带到我厂来开花结果呢！

俗话说"榜样的力量是无穷的"，我们通过参观学习回厂后，新班子就召开了全厂的动员大会。我们从整顿工厂环境，治理脏乱差现象开始，全面开展各项基础管理工作的整治。通过一个月的不懈努力，效果凸显，全厂员工的精神面貌发生了深刻的变化。许多干部职工都纷纷地说道，看到新领导班子有这样大的决心，带领大家彻底改变工厂面貌，说明新领导是与我们风雨同舟的，所以我们也要与新领导班子同心同德，为重振湖州印染厂而努力！

但是，当时有不同看法和认识的也大有人在，就在市经委宣布我担任厂长后的第二天后半夜二点钟，我们一家正在睡觉，突然被一块手掌大的石头，沿着环城西路向我住宅的2楼厨房间扔来（当时我家住在环城西路沿街面房子）。一声巨响，这块大石头夹带着玻璃落在我家的厨房间，我和妻子在睡梦中被突然而强烈的声音惊醒，马上起来去察看现场，发现厨房玻璃窗已被砸碎，碎玻璃片飞溅得一片狼藉，一块作案的大石头落在厨房的地上。我们两人见状又惊又气，我妻子快要哭出来了，她带着哭腔对我说："瑞林，有人在暗算我们了！出现这种情况你将来怎么工作啊？我想你还是不要干了！"当时我也很气愤，心想："我们个人之间无冤无仇，工作上有什么事情，都可以直接摊到桌面上提，用旁门左道之术害人的，必是心怀鬼胎。"这时我忍着气怒轻轻地对妻子说，我没事的！就继续上床睡觉了。

第二天上班以后，我把昨夜家中发生的这件事情单独告诉了臧书记，并在此事发生后的一个中层干部会议上，我向大家也说起了这件事，我义正词严地告诫大家说："在企业改革中出现这种事情，也是有其必然性，这个心怀鬼胎，采取恶劣手段想来阻止我与我厂的改革的人，我是绝对不会害怕的。正因为我们在改革进程中，阻止了这个人那不光彩的既得利益而对我发泄的愤恨，但我是光明正大的，在工厂极端困难时期，我受命担任厂长，挑起这副沉重的担子，极个别的人做出这种不法之事，反而更激发我团结广大职工，同心同德，为改变印染厂落后面貌多做贡献，但是我也希望接受大家监督，这是我应该做、必须做好的事情。只有这样，我们新领导班子才有群众基础，才能带领大家走出困境，重塑印染厂的新形象！"我那慷慨激昂的陈词，激起了大家的同感与支持，许多同志为我表决心似的讲话鼓掌欢迎！

第 5 章　大刀阔斧全面改革

说实在，当时湖州印染厂的状况不容乐观，用一句形象的比喻来讲，似一艘到处出现漏洞的航船，在风浪里行驶，若不把好船舵，及时堵塞漏洞，随时都有可能在风浪里沉没的。工厂从一轮承包"由喜转忧"；长期以"王牌自居"的拳头产品外销灯芯绒，由于国际销售形势变化急转直下；乡镇印染企业日趋壮大成熟，与国企争夺市场"蛋糕"；我印染厂骨干与技术人员大量流失，管理与技术力量薄弱，市场竞争力下滑，特别严重的是出现了 4000 万元的巨大亏损。更要命的还拖欠了

200万元的职工集资款（当时湖州许多工商企业为了发展，但是缺钱而挖掘内部潜力，向职工筹资，一则暂时缓解资金困难，二则也发给职工较银行存款更高的利息），想不到企业至今已无力偿还。

但是在这么多的困难面前，我还是选择了拼搏，既然我是一厂之主，就要尽自己力所能及奋斗一场。于是，我们在前段调研与梳理的基础上，在管理、经营、创新产品等几个方面开始了重振企业的历程。

首先，在管理方面根据企业现状确定近期改革目标：我们在深入了解干部群众中的各种共性意见，一致认为要及时解决职工关心的热点问题才能振奋职工队伍精神。通过审计局审计报告，向大家披露了全厂面临的严峻形势与引起亏损的原因，人人有责任，人人敲警钟。计划通过政策性内退及调动，使全厂职工人数压缩至350人，扭转人浮于事的局面。决定千方百计以扩大生产、增加收益为目标，争取在短期内全数归还职工集资200万元借款，以稳定人心。

改革工厂组织机构设置，进一步理顺工厂的组织体制，做到管理职能部门管理工作不重复，不遗漏。将原来臃肿重叠造成互相扯皮，人浮于事的组织设置，按照"职能明确，不重不漏"的原则，改革成六科室、三车间的简明组织结构，突出生产经营与管理部门的重要地位。

全面改革印染厂的生产、经营考核制度。针对工厂前期缺乏有效合理的考核，缺乏市场经济意识，缺乏新的、合理的、符合工厂实际的管理措施，造成许多职工出工不出力，生产为经营服务的意识不强，生产产量质量不断下降，工资奖金下不来的这些突出矛盾。在厂内全面开展合理有效的考核制度，细化考核指标。重点实行多劳多得，按绩效考核原则。对生产车间以"产量、质量、消耗"等指标为全面考核细化内容，实行计件工资制度，上不封顶下不保底。对经营业务队伍的考核，以经营业务人员的"接单与资金回笼"为考核指标，全面实行经营业务员绩效考核办法。严格按考核制度按劳取酬，上不封顶，下不保底，同时，上述考核全部按当月个人实绩兑现。

为了保证工资分配制度改革按照既定的目标进行，我们在工厂设计改革方案时，着重注意处理好几个关系：一是注重按劳分配与按生产要素分配的关系。劳动是诸多生产要素的重要组成部分，按劳分配本身就是按生产要素分配的一个方面。随着市场经济发展，企业对优秀人才的争夺越来越激烈，如果不把创新性劳动与一般性劳动所得收人的差距拉开，将无法吸引和留住人才。为此，我们提出了"加大知识技能要素在分配中的比重，树立逐步使我们的薪酬标准与社会人才劳动力市场价格接轨"的工作思路，以确保当时还在湖州印染厂工作的优秀人才，安心发挥技术管理方面的重要作用，获取相应收人，以留住人心，留住人才。

二是注重效率与公平的关系。工资制度改革是利益格局的调整，难以做到人人满意，但应把大多数职工的积极性和创造性进一步调动起来为重心，因此在工资改革中，我们力求破除平均主义，做到效率与公平兼顾。

三是注重增加收人与工资改革的关系。当时在湖州印染厂员工工资收入尚不高的情况下，如果改革使一部分员工收入大幅度下降，改革肯定难以推行。我们在工厂人工成本承受能力还有一定空间的条件下，追回了一定的工资增量投入，以此作为深化改革的"助推剂"，通过工资改革使员工的收入有不同程度的增加，让员工个人之间的增长水平差距可以拉大。

由于当时我厂在全面改革生产经营的考核制度之际，针对工厂前期出现的弊端，既加大了宣传教育力度又注意处理好几方面的关系，总体上得到成功推行。其一体现建立了业绩评价的考核体系后，工资项目得到了简化，基本反映出不同岗位不同劳动价值量的差别，反映了人才和劳动力供求关系，增强了职工对工资分配实行"动态考核、浮动分配"的意识。每个月发工资时，工人工资拿到手后，尽量避免争多怨少，造成产生情绪的现象。

其二实现了两个促进，即促进了人员合理流动，使短线工种岗位得到了补充；促进了劳动力结构和技能结构的调整，提高职工适应能力的自觉性，促使我厂人力资源结构得到相应改善。

其三促进两个提高。改革使印染厂的管理水平、工作质量、劳动效率和经济效益全面提高，同时也使职工的工作责任心进一步增强。绩效工资改变了"鸭多不生蛋"的状况，促使员工的工作积极性能很好发挥，工厂的制造能力和印染质量也逐步上升了，工作相互推诿扯皮的现象减少了，全厂印染成本降下去了，工厂全员劳动生产率逐步得到提高。

其四湖州印染厂的科技水平和创新能力取得了进步，新产品开发步伐明显加快，拓展了市场空间，增强了企业发展后劲。我厂实行新型工资制没有多少时间，工厂产品开发人员通宵达旦、夜以继日地忘我工作，并结出了硕果。不久我厂就加大了开拓灯芯绒新产品的外销订单，大力研究开发出霜花灯芯绒产品，使之开花结果。可以说新产品的成功开发，是救活我厂的一大根本举措。实践告诉我们，进行工资制度改革，建立适应市场经济要求发展的工资制度，是实现工厂与员工的双赢良策。

第6章 以新产品振兴工厂

在改革开放的大形势下，市场变化日新月异，可是前期我厂缺乏对印染市场变化趋势的分析，及时调整开发新的适销对路的产品，工厂生产的产品，有的成本高获利极少；而适销对路的新产品却少得可怜，使印染厂的发展缺少了后劲，企业存在着被市场淘汰的危险。为此，如何调整工厂生产的产品结构，如何开发出适销对路的新产品，如何将我厂的产品在激烈的市场中脱颖而出，求得市场较好的份额，这是挽救我厂的重要策略。所以我们在企业的改革整顿过程中，将调整工厂生产与经营方向先作了细致的核算分析，然后慎重其事地确立了新的经营思路。

在生产产品结构上，我们："压缩微利的外销产品，基本停止高消耗、亏损严重的外销大提花产品；开发内销高利产品，启动内销高利产品的开发与生产"。为了提升开发新产品的力度，我马上布置成立新产品开发领导小组，由我亲自担任组长。

在拓展市场销售上，我们的方针是："寻找新的合作伙伴，拓宽新的市场渠道，主动地与大企业、大市场对接，建立良好的合作关系。"在工厂的生产管理上："突出生产为经营服务的原则，将生产总调度设在经营这一头，加强了与客户约定交货期的有效管理，增强客户对工厂的信誉度，提高客户的回头率。"为了建立企业生产经营的盈亏平衡点，为企业生产经营提供管理目标："我们通过月固定成本、单位变动成本、加工费单价三要素的量本利的分析，确定本企业的盈亏平衡点，系在保证质量的前提下，我厂每月的产品产量能够达到 75 万米灯芯绒为平衡点。超过这个数字为增产增利，低于这个数字为减产亏损，这样较为直观地掌握管控企业的生产与经营。"

工厂的改革方针既定，我们就要按既定的方针办理。为了促进开发新产品的力度，我这个开发领导小组组长，就经常琢磨开发新产品的方向与步骤。我认为我厂的新产品开发，就是要开发全新的、适销国内外市场的产品，就是指在产品性能、结构、款式、用途或技术性能等方面，都要具有先进性或独创性的产品。其中，我从市场调研中，开发的霜花灯芯绒产品，就是运用新技术、新结构、新原材料所开发的新产品，具有性能、结构、款式、外观、用途的先进性与独创性，这是挽救我厂后期生存与发展值得一提的重大创新拳头产品。

灯芯绒的种类繁多，而当时流行市场、深受消费者欢迎的霜花灯芯绒，于 1993 年在国内开始研发，1994 年开始流行，至 1996 年风靡中国内销市场，内销订单量也日呈旺势。霜花灯芯绒质量以"绒条清晰、绒毛丰满、手感柔软、吸湿透气、耐洗耐磨、色牢度高"等特点享誉国内市场。由于它对皮肤无任何刺激，穿着不过敏，外形美观大气，颜色丰富多变，是国内外当时十分流行的棉质时尚服装面料，市场潜力很大。

霜花灯芯绒所以受消费者的喜爱，因其风格独特，原因是生产技术及附加值较高，工艺相对复杂，操作技艺精致。霜花灯芯绒是对已染色的灯芯绒以强氧化剂（一般为高锰酸钾或次氯酸钠）破坏单色织物上的硫化染料、活性染料，用强氧化剂在灯芯绒表面进行匀整脱色，使其表面具有霜花的独特效果和绒毛丰满、手感柔软、色泽鲜艳活泼、尺寸稳定性好等特点。霜花印花灯芯绒可分为单色，双色拔印等多种风格。其中，霜花双色拔印灯芯绒的生产原理，就是把织物表面经过化学和物理作用使灯芯绒局部霜白或满地霜白，也可经染色或印花使其霜白部分变色而形成绒条、绒底两个色泽和各色花型图案。

由于霜花灯芯绒的研发技术要求比较高，为此我厂在研发时对技术的把握做到慎之又慎，我们不仅到沈阳印染厂、丹东印染厂偷偷摸摸去学习取经，并把他们企业在市场上畅销的产品花样带到厂里研究，充分发挥专业技术人员与老工人的作用，攻克难关，渐进渐取，反复调试，夜以继日。我在内心也盼望着能一下子尽早研发成功，真是"头颈望得丝瓜长"！（湖州土话，指翘首企盼，头颈也盼望得像丝瓜那样长了）

我常常与新产品开发领导小组人员、专业技术人员与老工人开会研究、商讨研发事项，在工作和资金上倾力支持，并和大家一起加班加点，夜以继日，反复试验，攻坚克难。有时我在睡梦中也梦到自己和大家聚在一起，兴致勃勃地大搞新产品研发，还取得了成功。我高兴得惊醒了，可是想到厂里新产品研发还在攻坚之时，是非成败还未定局。而那时这种霜花灯芯绒新产品，正是急需要提供给汹涌澎湃市场的适销产品，是工厂要抓住的一根"救命稻草"。梦里梦外的这种反差，在我心中又感受到无比的焦急与惆怅。

不过，我是一个不肯服输的人，正因为我有下放农村十五年知青的锻炼成长经历，在骨子里一直有一种"初生之犊不畏虎"的精神。我在20世纪60年代下放农村艰苦劳动环境中，所磨炼出来的不怕艰苦、不怕麻烦、知难而进、勇往向前的精神。这次，又鼓舞着我在技术创新中增强了勇气和信心。当时，我也常常想起我国流传的"功夫不负有心人"的历史故事，来鼓励、激励自己。如唐朝大诗人李白，小时候不喜欢读书，认为自己读不出山。一天，趁老师不在屋，又悄悄溜出门去玩耍。他来到山下小河边，见一位老婆婆在石头上磨一根铁杵。李白很纳闷，上前问："老婆婆，您磨铁杵做什么？"老婆婆说："我在磨针。"李白吃惊地问："哎呀！铁杵这么粗大，怎么能磨成针呢？"老婆婆笑呵呵地说："只要天天磨铁杵，总能越磨越细，还怕磨不成针吗？"聪明的李白听后，想到自己，心中惭愧，转身跑回了书屋，从此以后孜孜不倦认真读书，成为"诗仙"，其诗、其名千古流传。又如当今被国际上的同行们称为"杂交水稻之父"的袁隆平，60年代以来，持之以恒的科研成果，使中国在矮秆水稻、杂交水稻育种和超级杂交水稻育种上，三次达到领先世界水平。近二十年内为全国增产粮食三千多亿公斤。70年代初，袁隆平发表了水稻有杂交优势的观点，打破了世界上自花授粉作物育种的禁区。1976年至1987年间，他培育的杂交水稻种植面积累计达到十一亿亩，增产稻谷一千多亿公斤。1979年，杂交水稻作为中国第一个农业技术专利转让美国。这一切都是不向困难低头，最后取得成功的事例，也增强了我克服各种压力和困难，坚持走一条创新、创业、创出新产品之路的决心。真是功夫不负有心人，不久，在新产品开发领导小组人员、专业技术人员与老技工的共同努力下，我厂开发的新产品霜花灯芯绒终于成功了，并投人了批量生产。我们小心翼翼地试着将新产品打人绍兴轻纺市场试销，由于产品质量与感观明显高于同类产品，真是意想不到是那样的畅销无阻，我们先在绍兴市场立稳脚跟，进而呈现出独领风骚之势，比其他企业的同类产品，每米要高出0.5元销售价格还供不应求，真是一炮打响，并创造了当月利润达120万元的经营业绩。

在此基础上，我们紧紧抓住难能可贵的机遇不放，加大开拓灯芯绒外销订单，逐步减少大提花无利亏损产品，大力开发霜花灯芯绒全新产品种类，将新产品开发作为救活企业的根本。因为这是一个涉及我厂生死存亡的大问题，是当务之急，是全厂重中之重的大事。针对我厂开发的霜花灯芯绒品类，已在市场上逐步形成气候的现实。我们除了保障质量，增加生产外，为了寻找合作伙伴，拓宽市场渠道，先后与绍兴轻纺城、石狮鸳鸯池、武汉汉正街、成都荷花池、常熟棉布市场、沈阳五爱服装城等大市场建立合作关系。当时，我厂新产品的样品，在各大市场都呈现"晴朗气象"，我忐忑的心也渐渐地由阴转晴……

我厂对于新产品的开发与工艺选择，最后取得了成功，我在兴奋激动之余，也对这"低谷中的凯歌"作了理性的思考。因为这次成功，是在企业总体战略指导下进行的。企业总体战略指明了企业的经营方向，制定了产品规划的原则，通过生产与运营管理，实施对产品的设计和制造，最后才实现了企业的战略目标。在战术上，产品开发工作需要对产品系列、产品的花样设计、产品的质量特性及成本、产品发展的步骤等做出科学安排。我厂自始至终依靠新产品开发领导小组人员、专业技术人员与老工人的集体智慧和力量，根据市场需求设计出好的花型并与后道服装配套，通过不懈的努力，排除不少的困难，最后才结出了丰满的硕果。这个经验，也进一步提升了我的阅历，增添了我的经验，为我今后进一步的发展奠定了一个良好的基础。

第 7 章　组建团队拓展市场

在当今企业激烈竞争的环境下，大多数企业面临着产品生命周期越来越短的压力。企业要在同行业中保持竞争力，并能够占有较多的市场份额，就必须在不断地开发出新产品的同时，快速推向市场，满足多变的市场需求。若新产品不能成功地占领市场，则将使企业丧失市场份额，最终失去获利能力和竞争优势地位。为此，我厂在霜花灯芯绒开发创新成功的基础上，主动地与大企业、大市场对接建立合作关系，立马组织经营团队，扩大推销力度，将产品优势扩大为经济成果。

我厂在扩大经营团队的基础上，在常熟的"金谷布匹市场"设立了"常熟门市部"。

常熟旧轻纺城当时名为"金谷布匹市场"，以销售经营布匹为核心，聚集了十多个专业分区市场，上万家经营户，日均客流量十多万人次，资金流量数亿元，位列"中国十大布匹批发市场"之一，该市场能够辐射到全国各地的布匹大市场，其销售之旺势不可挡。同时，这里也是布匹的销售信息中心，布料销售好坏的"试金石"，为此我厂建立常熟布料门市部，有其

设立常熟门市部

了解信息、检验新开发产品市场认可度的重要作用。如今二十年过去了，2008年开张营业的常熟万豪国际轻纺城，已经取代了"金谷布匹市场"，并荣膺为"中国十大服装专业批发市场"之首。

当时，我厂还联系建立了以绍兴轻纺市场为中心的，以及福建石狮、四川成都十多家的大客户，双方建立供货协议合作的双边关系，我厂给予计划优先、供货保障、价格优惠的特惠措施，并与上述十多家市场建立店主（老板）的联系制度等积极有效措施。如今回忆，当时我们建立合作联系的十多家的大市场，都是在国内乃至国际上有名气的纺织暨原料的大型交易市场。如始建于1988年10月的绍兴柯桥中国轻纺市场，坐落于长江三角洲繁华的沪、杭、甬经济带上，是一个全球性的纺织原料交易平台，1992年经国家工商局批准，正式冠名为"中国轻纺城"。当年该轻纺市场销售各类中、高档服装面料、涤棉布、全棉布、纱卡、涤卡、帆布料、箱包面料等，还经销各类华夫格、蜂巢布、金光绒、丝光绒、圈绒等各类针织运动面料……被誉称为全亚洲规模最大、成交额最高、经营品种最多的纺织品专业批发市场。其他的各大纺织品市场，也各具地域优势与市场营销优势。

为了尽快地打出我厂的霜花灯芯绒品牌，考虑我厂原有的市场营销人员，已经不能适应新的外联推销任务，而市场变化又是瞬息万变，机不可失，时不再来，我们当时研究的唯一选择，就是在厂内公开招聘市场营销人员。那时，厂部在选择市场营销人员过程中，建立了公开、公平、公正的竞选办法，择优录取市场营销人员的原则。采取的办法是，首先由厂部张榜公告择优录取工厂营销人员的通知，公布报名担任营销人员所需具备的条件与要求，动员全厂人员踊跃报名，厂部根据自愿报名、择优选出名单后张榜公布，告知决定有这样一批新的市场营销员被录用，成为我厂提升营销队伍的新生力量。像蒋春林、怀姚伟、秦文龙等6人加人了营销队伍后，会合原先的市场营销员钟建明、李根林、沈新泉、俞松泉等人，建立了工厂的大市场营销部，并作了合理的分工。

当时在选择市场营销人员时，除基本条件外，有三个条件我们是必须考虑的。其一，有较强的沟通和演说能力；其二，熟悉产品生产工艺流程，介绍产品品牌优势；其三，能放弃家庭、克服困难、长期出差在外地，由于我们坚持条件，采取公开、公平、公正的竞选办法，录取的市场营销人员素质较好，为我厂新产品打开销路做出了很大的贡献。

当时，我在工厂一手抓新产品的研发与生产的同时，另一手的重要任务就是带领工厂经营骨干走出厂门去访、查、看，即走访市场、观看产品、拜访客户。我与市场营销人员、技术人员一起走南闯北，灵市面、抓信息、听反馈、摸动态，在几个月中，带着市场营销人员一起去了沈阳印染厂、丹东印染厂、蚌埠印染厂，偷偷摸摸地到他们厂里去看他们生产的产品，了解他们的市场客户，增加我们开拓创新产品的信心，经营二科科长沈新泉与他们在生产第一线的人员及客户套近乎，拜托他们帮助我们将该厂新研发出来、适销对路的好样品想办法弄到手，以便回厂以后作为研发新产品时的样本。我觉得我们这样

1995年10月,我去丹东印染厂考察从左到右为沈新泉、许瑞林、俞松泉

做,尽管不够光明正大,自己感觉到事与心违,但是为了工厂的振兴,全厂几百工人的"饭碗头",我还是硬着头皮这样做了。

我与臧克照书记也约在一起,经常出去调研市场拜访客户。一次,来到福建省的石狮服装市场。石狮在我创办三元服装厂时曾去过几次,市场比较分散,几乎遍及整个城市。石狮有十多条服装批发街,如大仓街、跃进街、城隍街等;有好几座服装城,如中信时装城、侨乡商业城、中侨商厦、耀中大厦、环球商城等。还有八个不同类型的成衣专业市场和华南童装城,有六七千家服装门店,故石狮服装全国闻名。但那次我们在石狮遇到了一位郑姓的客户,他不卖服装,而是在经营我厂和其他厂生产的霜花灯芯绒,当时产品特别好销。他在销售旺季的时候,门市部每天能批发销售的霜花灯芯绒达四五万米,这意味着每天将有近百万元现金的销售金额。

那天与他相见,真谓是"他乡遇故知",在远离家乡的地方碰到了生意兴隆的老客户，真是一件着实使人高兴的事情，双方一见如故。那天晚饭时候，郑姓老板一定要把我们请到他们晋江的家里做客。一到他家，我们马上就看见有两位穿着银行服装的营业员，拿了两只点钞机正等在他的家里，开展上门服务收取银行存款。我和臧书记和两位经营人员在他家快一个小时了，两大箱包的百元钱钞还没有点完。

当天晚饭，郑老板一定要请我们赴晋江的大饭店就餐，他热情地点了许多好菜请我们吃，还与我们痛饮几杯美酒，这真是惺惺惜惺惺，朋友爱朋友，我厂成功开发的霜花灯芯绒，让我们与郑老板的心与利益连到了一起。郑先生仅30多岁，但他走南闯北做生意的经验还是很丰富的。他的母亲是晋江市的人大代表，家中挣了大钱后，她每年也做一些慈善活动，以回报社会。当晚，她也陪同我们一起吃了晚饭，大家谈得十分投机，直到夜深我们才依依惜别。那天，我与臧克照书记特别高兴，主要原因是我厂生产的霜花灯芯绒得到了市场的认可，特别是石狮那样的全国著名服装市场，更是全国潮流的"风向标"，所以我们心里十分踏实。

我们还到了绍兴轻纺市场，拜访了以前就已经认识的被称之为"四大金刚"的王、张、李、赵四位老板，他们都在绍兴轻纺市场租房开了门市部。绍兴有十多位老板与我们印染厂做过霜花灯芯绒生意，而这四位老板做得最大，所以形象地称他们为"四大金刚"。在他们那里，我们也了解到了对我厂霜花灯芯绒的经营情况，对产品意见，以及合理化建议，总体感觉良好，我们心里也很踏实高兴。

　　我们还到了四川成都的荷花池批发市场，其市场地址位于成都市的北大门，这是一个多种经营形式、多种管理服务功能和多地区客商并存的大型综合批发市场，其规模、效益均居中国西部集贸市场之首，在全国"百强"集贸市场中也名列前茅。服装类商品是成都荷花池批发市场重要的大宗批发商品品类，其服装类商品的特点是品种多，价格低，质量好，发货量大，经营灵活，商品辐射面广，除成都外，整个四川都有覆盖，云南、贵州乃至西藏、新疆都有部分客商前来进货。各地有生产名牌产品的企业，也相中这块寸土寸金的宝地，纷纷前来买卖求财。荷花池批发市场的一些客户，也来到过我们印染厂做霜花灯芯绒生意，为此我们也不远千里到"天府之国"了解获取销售信息，这次调研总体很好。

　　湖北武汉汉正街服装批发市场，也有许多客户来到我们湖州印染厂做霜花灯芯绒生意，所以这次调研我们也是不能放过

在武汉汉正街设立的门市部

我在武汉冰川集团洽谈工作室

的。"上承巴蜀文化、中原文化滋养"的湖北省会城市了解我厂生产的霜花灯芯绒销售信息，这里的也很有代表性的。

1979年，汉正街在中国率先突破计划经济体制的束缚，开放小商品批发市场，走出了一条具有中国特色的发展个体民营经济之路。《人民日报》为此于1982年8月28日发表《汉正街小商品市场的经验值得重视》的社论，赞誉汉正街是中国改革开放的"试验田"和"风向标"。汉正街由此享有"天下第一街"的美称，看到武汉汉正街这么好的外部条件后，我们继常熟市场开办第一个门市部后的重点考虑横向企业联合的举策，武汉冰川集团创新意识强，是较早走向市场前沿的国企。在武汉有较高的知名度，在武汉汉正街有较大的店面可销售我们的霜花灯芯绒产品，借助这个全国知名的市场来销售我们印染厂的霜花灯芯绒产品是一个极大的机遇，我们要抓住机遇，机不可失，时不再来，与武汉冰川集团洽谈成功了销售霜花灯芯绒产品的合作协议。

第8章　低谷中奏响的凯歌

我们走访这些有代表性的全国著名服装、纺织品市场，开展调查研究，听取从一线反馈出的意见是十分宝贵的，这好比是我们嫁出去的"女儿"，由市场这个"婆婆"做出绝对公正的评判。使我们不仅听取了一些合情合理的改进意见，提升新产品的品质。同时也增强了我们对改革创新、进一步开发生产霜花印花灯芯绒的决心和信心。

当工厂开发霜花灯芯绒得到市场认可，产品形成批量生产时，回顾半年前的工厂艰苦的一幕，在努力开发试产霜花印花灯芯绒，使印染厂全厂人心稳定、共渡难关的思想得到了较好的统一，下一步的主要工作就是实质性地将新产品开发工作进一步推上去。通过市场调查我们有了勇气和信心，全厂统一思想，一定要大力抓住霜花印花灯芯绒这个全新产品，加大开发力度。但当时工厂山穷水尽，开发生产发生了资金缺口，面对这个棘手的问题，我及时把这个困难报告了市轻纺局，在市轻纺局的帮助下，我们在关键时刻得到了市政府的大力支持。经财税、金融等部门多方支持，不久150万元的新产品开发资金如期到位。

开发新产品需新增一台阔幅印花机，若购置一台新的印花

8 套色辊筒印花机

机，即需要动用全部开发资金 150 万元，还有新机器订货时间长，这样会影响抢占市场的机遇。当时我们厂里的一名职工主动提供信息，说常州东风印染厂有一台八成新的阔幅印花机，只需要 50 万元左右就肯转卖了。

我听到这个消息真是高兴极了，立即派技术、设备人员前去察看机器，大家一致认为很好。真是天赐良机，助我一臂之力，让我们节省了经费，特别是争取了可贵的时间。最后我们达成了成交协议，并由常州这家工厂有丰富经验的老技师来我厂帮助我们安装调试。我们从买机到安装调试只花了 60 天时间，一般像这样的项目需要 6 个月才能够完成，足足为我厂争取了 4 个月的宝贵时间，这真是天助我也。

开发霜花灯芯绒产品并非一种常规的产品开发，它居于当年许多国内大厂遇到的难点，工艺技术复杂，操作难度较大。

我们充分意识到这个难点，我们在设备保障条件和工艺难点攻克上做了许多有备之战后，还在现场生产设备操作上特意聘请了上海第五印染厂当了一辈子机印操作工的秦师傅来到了我厂。当时我知道这个消息后，专程带着机印班长张奎奎赶到上海秦师傅家中，苦口婆心地劝说他去湖州，请他高龄出山，为湖州印染厂的新产品开发指导献策。他和他的妻子被我一厂之长登门诚意相邀所感动，很乐意地答应我们来到我厂，当然我也让秦夫人放心地知道我们会对他的老年高血压病注意有方，关怀备至，尽量让他以指导年轻人操作为主。他的到来确实为新产品的开发起到了提高操作水平，减少调试时间，提高开发霜花灯芯绒的推动作用。

内部又加强和充人了印花机印班组的人员，以张奎奎为班长，并有配套的花筒雕刻配套人员，共同组成了机印班组。我们另一个工艺技术组由金靖负责，杨树琴等人协助的，也是日夜不停地研发、调试新产品的染化料助剂配比技术，一次又一次地研发、调试霜花灯芯绒在改变其织物特性采用强氧化剂后，破坏织物表面组织达到客户需要的织物外观效果的最终目标，取得了较大的成功，在工艺技术组现场操作组的大力配合下，取得了初步成效。在设备安装和调试的关键阶段时间，我经常会来到新产品设备安装调试现场，鼓励大家要加快安装调试时间，争取早日投入生产。同时也告诫大家要做到忙而不乱，快而有序，保证安装调试质量，为正常生产奠定良好的基础。我也经常会叫人购买点心拿到现场，让大家不要饿着肚皮加班加点拼命干活，既是关心，也是鼓励。

正式完成安装后调试的那一天，由于前期工作做得"到门"（湖州土话，意思是做得细做得好），又有专业人员全程把关，当班长张奎奎告诉我试机成功了的好消息后，我真是欣喜若狂。按湖州老古话来形容，真是比"一铁钯掘出一整金元宝来"还高兴！当我厂第一批全棉霜花印花灯芯绒，从我厂阔幅印花机生产出来的时候，在场的每一个人眼中无不闪烁着激动的泪花，我同样激动得流着泪水。多少个白天夜晚我和大家守候在印花机旁，今天终于开花结果取得了成功。记得那天是1995年的9月30日，第二天正好向国庆献礼！从我厂生产出来的新产品投放市场后，销路格外得好、格外得旺！杭州、常熟、绍兴等地的客户，纷纷来到我们湖州印染厂，前往印花车间现场观赏霜花印花灯芯绒的生产场景，当看到印花机滚滚落下时尚的霜花印花灯芯绒新产品时，马上就在现场订货。而在我的眼里，这简直是在"仙女散花"哪！这也是天时地利人和之天赐良机，我暗暗思忖应该紧紧抓住这个良机，做到"机不可失"，珍惜我们得来不易的成果，扩大生产，增加销量，能多增产一米霜花印花灯芯绒，就意味着为厂里多增加一份效益。

为了挽救工厂，全厂职工同舟共济，主动放弃了休息日和节假日，开足马力尽力投人生产，生产产量已相当于年初生产量的一倍以上。当年10月，我厂生产的霜花灯芯绒新产品达到了37万米，占全厂总产量的37.45%；到11月，新产品的产量增加到了41万米，占全厂总产量的45.5%；而到12月，新产品产量达到了50万米以上，达到了全厂总产量的60%以上。这时湖州印染厂呈现了生产、销售两旺的佳景。我们湖州印染厂从低谷起步，渐渐步入发展的好势头的境况，引起了上级的重视与新闻媒体的关注。

《湖州日报》在1995年12月11日刊发了"低谷起步，不懈攀登—湖州印染厂扭亏增盈纪实"，文章除导语外，以"扭亏先要扭精神""开发新品拓市场"两个分标题，全面报道我厂学先进振奋精神、改革实施绩效工资、以新产品振兴工厂、组建团队拓展市场等方面的内容。报道还说："湖州印染厂毕竟是国家队，遇变不惊，短短几个月，从奄奄一息的企业，竟然奇迹般地挺了过来。4月份以来亏损额逐月下降，9月实际利润达到了9000元；10月份实现销售金额847万元，比上月有较大增长；11月份的产品销量形势更好。印染厂已如期顺利完成了年初向市政府立下的减亏、扭亏指标，于四季度实现当季扭亏。"

《湖州日报》在当天的报道中还说道："湖州印染厂从1979年开始生产全棉印染外销灯芯绒开始，一直以这一产品唱'主角'，'为他人作嫁衣裳'不说，产品的附加值也很低。随着外贸形势的急剧变化和国家暂缓出口退税等政策的影响，赢利产品变成了亏损产品。而与此同时企业从常熟、绍兴、杭州、义乌等市场获取的信息表明，国内的染色霜花灯芯绒产品的需求量却一直有增无减，关键是产品的面孔要新，产品的附加值要高。现实使'湖印人'猛醒：再也不能躺在'光荣历史'上睡大觉了！今年工厂在新的领导班子带领下，他们调整内外销结构，主攻内销市场，把突破口放在新产品开发上，努力以高、新、特产品占领市场。但说来容易实干难……在关键时刻开发资金得到了市政府的支持，节骨眼上主人翁精神充分显示出来，由厂领导、技术人员、生产工人组成的攻关小组，仅用60天的时间，就完成了通常要半年才能完成的设备采购、组装、调试、生产等一系列工作，为抢占市场争得了时间。新产品投放市场以后，销路格外的好，杭州、常熟等地市场，马上出现供不应求的局面……"《湖州日报》记者俞栋的这篇报道，确实是我们当时的真实写照。二十多年后的今天，我们在湖州市档案馆查阅到那篇报道之际，感觉当时我们曾为工厂生死存亡，拼命搏击的情景还历历在目，真是感慨不已！

似乎就在同一时期，又有一条喜讯从杭州传来，在当年11月30日结束的1995全国纺织印染产品年会上，湖州印染厂生产的全棉染色印霜花灯芯绒荣获了新产品一等奖；另有全棉纱洗染色灯芯绒、色织纯涤纶花色6条灯芯绒两只产品荣获三等奖，这是在国内众多的棉纺织印染企业中，还只有湖州印染厂等少数几家工厂，同时享受到三只产品同时获奖的殊荣。"中国新产品"奖是在全国纺织印染产品年会上，开展的中国优质产品推广活动中，经过严格检测，凭借各项优秀数据评议后所获得的奖项，列人中国纺织印染产品获奖系列，并由大会评审委员会出具新产品奖的公告证书。这是对我厂新产品的肯定与褒奖，也是对我厂改革开拓创新精神的肯定，大家都感受到无比的光荣和自豪。

我们湖州印染厂，当时在陷人十分困难的情况下，连获全国三奖。大家在高兴、激动、庆贺之余，也深深地感悟到，我们的工厂是有创新能力的工厂，我们的工人是有进取心的工人，只要组织带领得好，一定是可以大有作为的。这次我们全国连获三奖，可以形象地说，这是我厂在跌入低谷中，奏响的一曲凯歌，它见证了湖州印染厂人永不屈服的志向，勇往直前的精神。

第9章　依依惜别了印染厂

湖州印染厂尽管在千辛万苦开发霜花灯芯绒这个新产品做出了成绩，占有市场的一席之地，并使企业止亏为盈。同时我们开发的几个新产品，也能够在全国纺织印染产品年会上喜获"连中三元"的荣誉，这仅仅是我厂看准市场，取得的一个局部的成绩，换一句话来说，这是战术上的一个险胜，值得庆贺。但在总体上说，我厂一轮承包由喜转忧，加上历史债务，造成的困难是很多很大的，有的是政策上的变化（如国家暂缓出口退税等），有的是市场的瞬间万变而企业固守常规而致，有的是以承包取代思想教育而引起内部管理薄弱等。体现在经营实绩上，我临危担任厂长时，经有关部门核算后发现，我厂的总亏损已经达到了4000万元，在当时已经是一个令人不寒而栗的难解结症了。还有尚欠职工集资款200万元，这是姚厂长在前几年企业经营形势还可以的时期经厂级领导班子决定学习社会上一些企业的做法，高于银行利息向职工集资200万元，但当姚厂长辞职时，企业已相当困难，一时无法归还集资款。

归还职工集资款200万元，不是一件容易的事情，已经奄奄一息的湖州印染厂最大的困难是资金问题。资金是束缚企业发展的瓶颈，然而我一上任，这200万元就成为我的一块心病，国有企业所有权都是国家的，是亏是盈也都是国家的，而职工主动拿出200万元集资款，是职工的血汗钱一定要还，并有较好的利息。现在我担任了厂长，有许多职工也经常问我，"集资款什么时候能够还给我们？"还有个别职工在背后煽风说："看看工厂债台高筑这个样子，我们的集资款肯定还不出来，我们的血汗钱要泡汤了！"当时，我对于职工们的心情是完全理解，也是十分同情的。但我厂当时寅吃卯粮，资金已经捉襟见肘，到了十分困难的境况，拿什么去归还这笔历史旧账，真是让我伤透脑筋。当时若大家不相信我，全厂要是闹了起来，那是一个十分严重的问题。

从全国来看为了职工集资款问题，闹起来的事情比比皆是，如江西省新余水务公司，以内部职工的名义，集资入股在其麾下的新城公司名下，四年过去了，红利没有不说，本金也石沉大海，涉及人员多，金额有上千万元，职工就闹起来上访到市委倾诉说："现在买房和孩子上学，都无力负担，希望领导解决我们的困难，将公司欠我们的本金和利息归还给我们，以维持生活！"新余市委高度重视职工反映的问题，并委派市有关部门调查处理，责成单位限期归还。又如河南新乡市中医院曾在20世纪90年代，对新进人员收取"发展医院基金"，后来医院发生严重资不抵债，成为举步维艰的全市卫生系统老大难单位。这时那些职工闹了起来，最后由上级领导出面，责成医院限期归还……

"前车之鉴，后事之师"，对于我厂的这笔集资款的性质，我是心知肚明的，即使职工看在我们新班子的面子上，没有闹起来。但是我也知道我们单位的集资行为，像市里许多正在做那样，是为了救急的权宜办法，但往深处想，毕竟这笔钱没有法律保障。如果真的等到企业破产时，不知道在企业清算中，还有多少财产可供执行归还？万一真的把职工满怀期待的血汗钱付之东流，我这个曾经印染厂的副厂长、现任的厂长，有何面目来面对大家呢！

何况类似的情况在湖州也已经发生，如坐落在骆驼桥北境的湖州市第一百货商店，20世纪90年代中期，改革时成立了湖州市第一百货商店股份有限公司，向社会和整个商业系统吸纳大量股金，股民们期待公司上市后股本翻番，可是事与愿违，公司不仅没有上市，反而在经营中遭骗，以致单位进退维谷，出现了窘境，到最后股民们希望变成失望，股本不仅没有翻番，股民们差一点血本无归，在民众的气愤与追吵下，最后由市政府与商业局出面，归还股民50%的股金而了事，股民十分不满，怨声载道。

为此，我对工厂的200万元集资款，一直记在脑里，急在心里，除了要抓好日常生产、经营外，对这笔集资款的归还，已经成为压在我心头的第一紧迫要务，总在寻找有利时机将这笔历史旧账归还了。1996年春季，一时流行的霜花灯芯绒市场销售旺季已过，这时我厂收到了一批款子，此时我已经下定决心，一定要抓住这个机会，尽快地把这200万元集资款，加上应有的利息于1996年11月下旬、12月下旬分两次全部归还给交纳集资款的职工。

在归还集资款之前，我把自己的想法与臧克照书记讲了，并在新的领导班子中通了气，大家异口同声地举双手表示赞成。而后，我又找来财会科的陈子祥科长，向他传达了工厂的这个决定，并布置财务科尽快对照每个人的投资借款金额数字、投借日期、当时约定的利息，一一计算清楚，准备造册发放。同时，我又对财会科的副科长汤晓红千叮万嘱，在从银行中取款到厂里发放过程中，必须保证绝对的安全，千万要避免差错事故。财会科陈科长根据我的嘱咐，也兴高采烈地走了。当天就安排人员连夜加班加点，进行核算造册，准备发放集资款与每个职工应得的利息。

这时，厂部准备归还集资款与每个职工应得利息的消息，已在厂里不胫而走，职工们在工余饭后休息的时候，都纷纷地谈论这件事情。有的职工感动地说："想不到许厂长在工厂高负债的困难中，竟会从糠箩里找出米来把借款与利息还给我们。"

到了工厂归还借款的那一天，每个职工都已事先计算好自己要领回的借款和应得的利息，全厂借款职工都像过节那样兴高采烈，争向财务科领取自己的那份盼望已久的借款与利息。财务科的工作人员也早已作好了准备，将已经由我签字同意的发放名册放在桌上，由借款职工在自己的名字一方签了名，高高兴兴地领了钱。随着借款、利息的一笔笔发出，我长期沉闷在心中的忧虑，也随着借款的发出慢慢释放了，最后心情渐渐平缓起来，如释重负。啊！多年的陈年旧账，在今天终于尘埃落定，并有一个较好的结果，我也对得起与我十多年同甘共苦的湖州印染厂职工了。

1997年1月10日至11日，中共湖州市委三届八次全会会议在湖州召开。会议贯彻党的十四届五中、六中全会和中央经济工作会议的精神，回顾总结 1996 年的工作，审议《市委、市政府 1997 年工作要点》。同年 2 月 17 日，市委、市政府召开全市经济工作会议。会议贯彻落实中央、省经济工作会议和市委三届八次全会精神，分析形势，统一思想，部署工作。会议要求全市各级党委、政府和广大党员干部要认清形势，把握大局；抓住机遇，稳中求进，振奋精神，扎实工作。市委书记俞国行、市长唐永富在会上分别作了《把握大局、扎实工作、开拓创新，积极推进湖州经济更快更好地发展》《把握大局、抓住机遇、励精图治保持我市经济发展好势头》的报告。这时改革开放到了关键的攻坚阶段。

时代在前进，改革在发展，当中国经济社会站到 20 世纪 90 年代中后期的历史节点上的时候，在党的十四大、十五大和十五届三中全会精神的指引下，中国确立了建立社会主义市场经济的总目标，提出了"发挥市场在配置资源中的基础性作用"的思想，指明了"以公有制经济为主体，多种经济成分共同发展，以按劳为主体，多种分配形式并存"的改革方向，鲜明地勾画了"推进国有经济战略性调整"的改革路线图，强调了"抓大放小"，除了关系国计民生的重要行业和关键部位（具体规定了石油、电力、铁路等六大行业由国家经营）之外，其余的国有经济及其企业都应从竞争性领域有序退出，全面推向市场，以建立现代企业制度为改革方向，推行公司制改革，采取联合、兼并、租赁、出售、破产等多种形式，推进各个地方、各个企业的产权制度改革。党中央作出的理论突破和重大决策，打开了国有企业产权制度改革的闸门，同时也打开了民营经济蓬勃发展的局面。从此，中国的经济体制改革蔚如洪流浩荡向前。

我虽身处湖州一地，身处湖州印染厂这个小天地，但我向来注重学习乐于思考的秉性，使我时时都在关注着国家的大政方针，而且通过在全国各地跑市场的机会，在兄弟企业相关交流的机会中，开阔视野，获得了许多有关企业改革的信息。据我观察，企业改革既是大势所趋，更是陷入困境的企业迫不得已而采取的抢救措施。

处在竞争性领域的企业，无论是国有企业还是城乡集体企业，普遍遇到了前所未有的经营困难甚至生存危机。或者资产状况恶化，现金流枯竭，或者积欠银行贷款，资不抵债，濒临破产边缘；或者停产、半停产，人员大量下岗，工资收入明显减少，人心处于浮动之中。当时湖州丝绸系统和轻纺系统的许多企业，都遇到了类似的困境，湖钢部分工人甚至开着大巴到市政府上访……

我在国企摸爬滚打这十八年，产供销、人财物烂熟于心，也懂得宏观与微观结合起来看问题的道理，我想竞争性领域的国有企业走到这一步，尽管情况各不相同，各家都有一本难念的经，但是显而易见也存在着许多共性因素。一是市场因素。企业推向市场，而国内市场经过 20 多年发展，传统行业市场逐渐趋于饱和，许多行业已经产能过剩。当年还没有知识产权保护这一说，国企开发的新产品一上市，马上就有各种仿制的低价产品充斥市场。国际市场更是风云多变，相比东南亚等发展中国家，像我们湖州印染厂这样的劳动密集型印染企业，价格优势和劳动力成本优势已经不复存在。面对市场的激烈竞争甚至过度竞争，我们的企业无论是经营理念和体制上都没有做好准备。二是政府因素。政府对于企业，从原来的大包大揽的无限责任转向承包有限责任，地方财力有限，不可能长期向困难企业"输血"。三是金融货币因素。银行业向股份制商业银行转变，必须自行承担放贷风险，银行不再是政府的"钱袋子"，困难企业要取得银行贷款已不再容易，尤其是"汇率并轨"这一条，对于我们湖州印染厂来说，再也没有汇率差价可赚，很大程度上断了企业的财源。四是企业自身因素。缺少竞争活力，效率不高，人浮于事，留不住人才等问题暴露无遗。加上当年社会保障制度建设严重滞后，企业办社会问题普遍存在。种种内外不利因素，致使大批企业陷入困境而不能自拔。

改革是为了解放生产力，发展生产力。我在厂长这个岗位上，为了企业、为了职工，承担着市场经营和内部管理上的种种压力，深深地懂得，企业如果不改革，确实没有出路。

1997年和随后的那几年，是全面深化经济体制改革的一个时期。市委市政府深入贯彻中央精神和省里的政策，解放思想，攻坚克难，提出了"彻底改，改彻底"的指导思想，采取多种形式，多元投资，一厂一策的对策方案措施，"但求企业在，不求企业所有"（意思是说，只要企业能在湖州生存发展，欢迎并鼓励市内外有实力的上市企业和民营企业投资人参与湖州的企业改革），由此开启了湖州市竞争性领域国有企业和城乡集体所有制企业产业制度改革的大幕。

就在这样的大背景下，出现了浙江中汇（集团）股份有限公司兼并了我们湖州印染厂的事例，由于印染厂是湖州市第一家被市外集体企业兼并的国有企业，这次兼并还记录在湖州市委党史研究室所编的《中国共产党湖州历史大事记（1949至1999年）》中，兼并日期为1997年7月18日。

浙江中汇（集团）股份有限公司，是一家综合性多元投资的上市公司，业务格局涉及贸易、高新技术产业、实业、房地产等诸多领域，当年取得销售收入近10亿元人民币、利润为五六千万元人民币的良好实绩。羊毛部为公司直属的重要业务部门之一，在苏、浙、沪、鲁等地建有健全的销售网络。工作目标和方式是："有保证的质量，有竞争的价格，有完善的服务。"当时该公司看准与兼并我们湖州印染厂时，正是中汇（集团）发展的鼎盛时期。

对于这次兼并行动，我作为一名受上级组织任命的厂长，一切听从上级的安排。而且我从良好的愿望出发，认为由中汇这样的大公司来兼并湖州印染厂，从此企业的发展有了希望，职工的生计有了保障。但是三年过后的事实证明，这个企业沿袭旧的体制机制，弊端丛生，难以为继。这是后话。

1997年7月18日，这是我难忘又值得纪念的日子，对我这个从不服输的人，在这一天起结束了我担任湖州印染厂厂长两年零5个月的深渊拼搏，即将离开我内心所热爱的这个工厂，离别与我曾为工厂兴旺发展而共同奋斗的职工同志。我十分留恋这个工厂，因为我的18个奋进年华付给了这个企业。我从内心讲，我虽然不是一个优秀的管理者，但我已经尽心尽力尽责了。

　　7月18日，对于湖州印染厂又是一个重要的日子，浙江中汇（集团）股份有限公司兼并了它，并享受全国优化资本结构试点城市的机遇。湖州印染厂被兼并后，按国务院文件精神可享受优惠政策。本人记忆，当时国务院批准全国100家城市试点企业可享受优惠政策。在享受这个优惠政策中，可将企业向银行借款的本金归还，而利息可以全部免掉。经核算，湖州印染厂可以享受减免1000多万元的银行利息的优惠。但政策又明确规定，一定要由有实力、发展形势好的大公司来兼并才可以。

　　面对上级这样的一个大决策，我的工作重点就要立即转入兼并、移交与印染厂职工的善后安排方面来。在盘点存量资产时，经市政府决策，将老厂区27亩土地使用权和地面建筑物，出让给了湖州航管处，所得近4万元全部用以湖州印染厂，作为安置职工和流动资金。为了配合湖州市人民政府做好上述工作，由我作为湖州印染厂法人代表，与湖州航管处代表、航管处处长陈海龙签约。湖州印染厂在债台高筑、账务累累的窘况下，得到了上级如此好的优惠政策，如干涸池塘里的鱼儿得到了清泉，在迷茫沉沉的黑暗见到了光明，大家都有拨开云雾见到太阳一样的感受。

　　我将退出湖州印染厂的历史舞台，告别多年来朝夕相处的印染厂的干部职工，甜酸苦辣的心情难以言表，眷恋与期望之情互为交织。我也做好了厂长离职前的移交工作，根据上级的意见，将我的工作移交给中汇（集团）新任厂长周逸群。周厂长十分客气，他也再三聘请我希望我能够当他的副手，我婉言谢绝了他的好意，他也知道要搞好这个工厂，这副担子确实是很难挑的。

当时的湖州印染厂主管局、市轻纺局局长曹会明，他再三跟我解释，这个决定是浙江中汇（集团）股份有限公司领导班子决定的，我们要尊重他们的选择，我们一定会安排好你的工作的。最后他推荐我去湖州化纤厂担任党委书记或经营副厂长，也可到湖州服装厂担任厂长。其他也说了像菱湖印刷厂也空缺厂长的位子，当时他已不好意思跟我讲了。但是这时，我对上级安排的这些位子都婉言谢绝了，我已下定决心也要到民营企业去闯荡一番。此前，已经开始红火的湖州灯芯绒总厂单建明厂长，曾来到我的家里，真心诚意地邀请我到他厂里一起去发展一番事业。

我深深记得那一天是 1997 年的 7 月 30 日，这是我结束在湖州印染厂十八年的最后一天工作日。拥有光辉历程的湖州印染厂被兼并是一个时代、一种体制结束的必然。我在厂长位置上做的点点滴滴，也是那个时候中国众多厂长经理共同经历过的探索和实践。我离开了湖州印染厂，有不舍、有遗憾、有怀念、有不甘，但是没有后悔，更没有歉意和内疚，因为我对得起政府、对得起企业、对得起职工、对得起自己的良心、对得起这个时代，虽然带着留恋，但我是昂首离开的。8 月初我最后一次带着妻子一起去参加了由湖州市统一组织的，成都全国轻纺展览会。借此机会与妻子去了一趟云南瑞丽和缅甸。这也是我在湖州印染厂十八年中，最轻松的一次出差带旅游了。1997 年 8 月 18 日，我骑着自行车来到位于湖州凤凰路 588 号的湖州灯芯绒总厂，开始了民营企业的第一天上班。

后 记

我在去年出版的《苦乐青春—我的南埠岁月》一书中写着"70 岁再出发",这是句口号,但也付诸行动。

如今 70 岁的我,依然在美欣达集团担任要职,整天还在全国东奔西跑。今天乘飞机,明天坐高铁,这个月在东北,下个月又去了西南,神州大地无处不去,美国、欧洲、日本也经常留下考察足迹,为充电读清华,爱文学写自传,要健康还跑起了马拉松。我是个停不下来的人,好强的个性,永不服输和年轻人相当。如今,我依然奔跑在奋进之路上。

今天的美欣达集团已经不再是当年的小企业,当年一棵小树已经成为今天的大树,枝叶茂盛,苗壮成长,虽还未到参天入云,但也能遮住一座山,而且它还在越长越大。在单建明先生领导下的美欣达集团,经过艰难的历程,一步一个脚印,正走向美好的明天。作为美欣达集团建设者和参与者的我,亲眼见证着企业发展的艰辛历程。年纪大了的人经常会思念过去,回忆往事,企业一步一步地发展,我在企业中所做的事,经常会一件一件浮现在自己的眼前。

1997年7月1日，中国恢复对香港行使主权，经历百年沧桑的香港终于回到祖国怀抱，这是中华民族的历史大事件。巧合的是，仅仅过了一个多月，属于我个人的历史大事件也发生了，相对于香港回归的举国欢庆，我对于自己个人命运轨迹的改变则是忐忑不安的。1997年8月18日，我骑着自行车到湖州灯芯绒总厂（美欣达的前身）第一天报到那天，心里感到很沉重，我已经52岁了，在刚过知天命之年的时候去民营企业报到，还能去干点哈？我想，离退休只有8年了，怎样把8年干好，这就是我的目标；另则我还想，我人生3个阶段：第一阶段是知青15年，第二阶段是国企18年，第三阶段我干好民企8年，让企业掌舵人不失望，这就是我的愿望。

　　单建明先生创建的美欣达集团的前身是从湖州织里一家小型绒布厂发展起来的，到1995年印染厂已初具规模，并在湖州经济开发区购买了37亩土地，计划投资上千万元建设现代化的印染厂，实现了从农村转向城市发展的变革，成立湖州市灯芯绒总厂。1998年5月1日第一条印染生产线投入了生产，我参与一年多时间的基本建设和设备安装、调试生产。第二年又购买了世界先进的荷兰斯托克16套色的圆网印花机后，订单饱满，外商川流不息，企业呈现一派良好的发展势头。

　　1999年正值全国性改革浪潮在推进，国家对于国有中小企业实施产权制度改革的整体战略方针，使得经济体制改革逐步进入深水区，湖州的国企改革同样已经到了攻坚克难阶段。已经面临倒闭的湖州酒厂转卖给国企湖州振湖造纸厂没有成功，其主要原因是"泥菩萨过江自身难保"，要急于解决企业的出路问题、职工的生存问题，湖州酒厂出路问题已多次提交到湖州市政府，湖州酒厂职工群体性上访市政府，几十号人打着横幅旗到市政府提出"我们要吃粥"的口号，要求政府解决他们的实际问题，给社会稳定带来了一定的负面影响，市政府高度重视，由市体改办拿出一个民企收购国企破产财产的设想，市政府看到湖州灯芯绒总厂正在走向高速发展的路子，动员单建明厂长让他的企业收购湖州酒厂，面对政府的要求，单建明厂长和我有一个思想认识过程，起先我们想，既然过去下决心走出国企这座围墙，没有必要再去蹚这一滩浑水，又担心万一将来政策变了，反而被动，也不愿意听到别人的冷言冷语甚至遭人背后放冷箭，与其有种种顾虑，不如各走各路，我们专心致志搞我们的民营企业，一张白纸可以画最新最美的图画，但是当年全国各地风起云涌的改革大潮，让我们看在眼里，热在心里，我们坚信党和国家改革开放的大政方针不会改变，省里和市里的政策写得明明白白，我们也坚信不会改变，而且市政府和经委、轻纺局等部门领导的反复动员和鼓励，严格按照政府法律和政策办事的作风，面对情绪激动的国企职工苦口婆心做工作的精神，都使我们深受感动和信任，经过这一番心路历程以后，我们下决心响应政府号召，参与国企的改革进程，但是我们深知，这是一项富有挑战性的任务，行动之前先得统一思想，单建明厂长和我确认了三条原则，一是要保护和发展生产力，我们出资收购的是破产、关闭的国企的资产，而不是这个企业本身，通过破产、关闭的清算程序，这个所谓的国企已经退出历史舞台，而这些设备厂房土地等生产要素，要通过结构重组，使它重新发挥作用。二是妥善安排职工再就业。我们都是工人出身，生活在社会基层，深深地懂得老百姓生活的疾苦，一旦失去了工作、失去了经济来源和社会保障，对于一个工人及其家庭那是天塌地陷的一件大事。因此我们一定要做好下岗职工的再就业，重新签订劳动合同，按月发放工资，接续社会保障关系。三是要转换经营机制。不能再走铁饭碗、大锅饭的老路，要按照民营企业的运作模式，利用我们的市场、技术、品牌优势，成立新公司，注入先进经营理念，投入资金和管理，恢复生产力，发展生产力，为湖州经济和社会发展做一点实事。

单建明厂长定了方向，我心里有了底数，我即刻表态让我去做这项收购工作，我要了刘建明、许志高、冯丽萍，我们4个人成立了工作小组，我任组长。进驻湖州酒厂后，我们在深入了解极大部分职工的思想状况后，在召开的职工大会上向全体职工交底，我及时提出了"三变三不变"的收购工作原则，三变：一是国企职工思想变，国家包养的时代过去了，民企要每个人创造自身的价值来发展企业并能养活自己；二是身份变，收购后原国企职工身份变为民企职工身份；三是工作变，我们收购后要关闭酒厂创办割绒厂，全体员工要重新学习培训，要进入新岗位。三不变是：一不变，愿意留厂职工仍然安排工作不会变；二不变，劳动保障、工作与福利待遇不会变；三不变，拉大分配差距奖勤罚懒，多劳多得的制度不会变。"三变"是与时俱进，宏观形势发展的需要，在计划经济向市场经济转型的中小国企体制改革深水区，思想观念，职工身份和产业发展方向调整是大势所趋的必然，是总体战略；"三不变"是根据实际情况，确保职工利益，立足收购初期稳定和有利今后长远发展的具体战术。几个月后，我们利用原先酒厂的厂房简单改造后购买了20多台割绒机投入了生产，同时也兑现了在收购大会上的承诺，我们工作组比较顺利地完成了收购任务后，成为湖州地区民企收购国企的一个鲜活案例。不久，在《湖州日报》的头版头条刊登了标题为《民营企业收购国有企业带个好头》的报道，这篇报道在湖州的国企中引起了强烈的反响，不仅为我们后续的2002年又成功地出资收购"湖州鑫鑫美丝绸有限公司"的破产财产和"湖州东源毛纺织有限公司"的闲置资产打下了良好的基础，更因为其可借鉴性以及今后的良好发展态势，为整个湖州地区的国有中小企业体制改革树立了样板。

民营企业对国有企业的收购当时是彻彻底底的新鲜事物，不仅完全颠覆了人们的常规思维，具体的谈判收购过程更是难而又难。我向单建明先生主动请缨担负收购湖州酒厂的具体工作，并且最终成功完成此项艰巨任务，一方面是我不怕困难，迎难而上性格的体现；另一方面也是出于单建明先生对我信任；第三方面则是因为我在印染厂18年工作经验的积累。我长期在国有企业工作，我对厂务管理，职工心态的熟悉，这些都为我成功完成收购加了分。

虽然当时对于民企收购国企这样简直是不可思议的事情，冷漠旁观者有之，带头挑事者有之，冷嘲热讽者有之，癞蛤蟆想吃天鹅肉，人心不足蛇吞象，甚至当面骂鼻头，背后戳脊梁……但是国家的中小国企改革是大势所趋，我个人参与其中是顺势而为，凭借我的经验和一颗公心，事实证明收购是成功的，我是问心无愧的。

多年以后，看朱镕基总理讲话实录，才知道当时这位中国有史以来最懂经济的总理，在中国经济体制改革历史大潮的艰难时刻，面对吴小莉的提问，曾经发出过"不管前面是万丈深渊还是地雷阵，我都将勇往直前、鞠躬尽瘁、死而后已"的宣誓之语，不禁感慨万千！朱镕基总理担负了多大的历史重任啊！在经济体制改革的深水区，肩扛国家前进的重担，在他面前确实就是地雷阵和万丈深渊啊！我有幸参与了这一历史大事件，在我面前可能还没有达到地雷阵和万丈深渊这样危险的境地，但是我以民营企业身份收购国有企业破产资产的具体经历，其实就是这个历史大潮的一朵浪花和真实的感受。

2001年下半年，一件戏剧性的事情发生了，始料未及但就是真的发生了，在我离开湖州印染厂3年后，我带着湖州灯芯绒总厂收购领导小组成员跨进了我曾经工作了18年的湖州印染厂，即中汇集团兼并后的中汇湖州印染厂。这个企业沿袭旧体制机制，效率低下，缺乏活力，不能适应市场激烈竞争的固有弊端无从根本改变，终至难以为继。我们按照国家的改革政策，采取承债式收购的办法，承担了全部债权债务，改革重组为一家新的有限公司，赋予了它新的生命活力。

回顾3年多前是我亲手将这个厂移交到浙江中汇这个大企业，曾享受了全国100家城市试点单位政策。让强势企业兼并弱势企业，并承担债务，可以享受免息优惠，但要在5年内还清债务，这就是兼并重组最好的办法。当时，湖州印染厂还卖掉了老厂的土地，厂房所得的近千万元，补充了湖州印染厂的生存和发展。但 3 年后，又到了企业破产的边缘，这说明什么？说明改革势在必行，但是改革不彻底是达不到治病救人目的的，所以半截子的改革，看起来表面上改了，但是没有伤筋动骨，没有深入骨髓，没有解决根本性的问题，这样的改革也就注定走不远了，湖州印染厂就属于这样的情况。由此看来，最终由民企来收购湖州印染厂，其实并不是简单由民企来收购国企的问题，也不是国企面子上过不去的问题，更不是民企癞蛤蟆想吃天鹅肉的问题，本质是市场经济体制完全替代计划经济体制，是对劳动关系，生产管理，技改营销等观念、方式、产品的彻底改变，这也是中国自 1978 年党的十一届三中全会实行改革开放以来的必然结果。

回顾风风雨雨改革开放的 20 年，湖州企业从被动迎合全国性的"厂长第一轮承包制"到改革不彻底的股份制改造，继而到国企的退出和民企的全面崛起，一个个时代变迁都经历了漫长而痛苦的过程。分析国有企业在计划经济可以生存的原因是国家包揽一切，生产有计划，销售按计划单，在短缺经济时期，工厂不愁市场，还包揽到吃、喝、拉、撒、住，背上企业办社会的沉重包袱。国企一旦走上市场经济时代，市场是无情的，企业职工的思想观念无法跟上市场的潮流，企业职代会这个最高权力机构在市场经济的浪潮冲击下显得软弱无能，吃惯了大锅饭的职工一下子要转变观念难吗？能百人都一条心吗？不能，那就只能等"死"。国有企业还有最大的弊端就是人浮于事。国有大中型亏损企业三年脱困，减人是关键。造成国有企业困难的原因，实实在在地分析主要有三个：一是重复建设；二是盲目建设；三是人员膨胀。"不能让大家都在企业里混，一个人干，一个人看，一个人捣蛋。"那样是干不好工作的，必须把另两个人清走，不叫他看了，更不让他捣蛋了，就留下一个人在那里干，国有企业的改革和发展减人是方向，非减不可。湖州印染厂对准"重复建设、盲目建设、人员膨胀"这三个毛病来比较，是条条对号入座，因而被淘汰是必然的。而民企最大的不同是法人说了算、决策快、效率高。生产订单拿得快，生产快，交货快，效益一旦上规模之后，他也在不断改变自身，从市场销售策略，企业形象宣传，创新产品到创新机制，到创新管理，在不断创新的过程中提升企业文化，为真正地做大做强打下基础。

民企办事的速度、效率是惊人的，湖州灯芯绒总厂3年出资收购4个国有企业的破产财产。每一次收购行动和改革重组，都做到当年投资，当年恢复生产，当年初显效益。为了发展生产，我又忙着不停地搞基本建设。扩大印染割绒的产能，规模越做越大，但企业场地比较分散，不利于生产管理和今后的进一步发展，为解决相对集中，先买开发区罗师庄的1块180亩的土地为发展用地，后因太小又改为环渚乡选了500亩土地建设了纺织工业城。在这个基础上成立了美欣达集团后，下设浙江美欣达印染集团股份有限公司，并于2004年在深圳成功上市，成为湖州市本级第一家上市企业并成为中国国内著名的印染企业。随后，美欣达集团又成立房地产开发有限公司，创建了第2个产业。并持续开发了美欣家园、清丽家园、金色地中海、浔溪秀城、长兴卡地亚等十多个小区。正当美欣达集团在湖州蓬勃发展之机时，单建明董事长又高瞻远瞩看到了传统纺织行业的危机和房地产产业的泡沫，适时地在 2007 年 8 月成立了浙江旺能环保股份有限公司，进军全国环保产业。我带领新团队开创新产业，经过 8 年的努力，成功地设立了全国范围内的 17 家垃圾焚烧电厂，成为中国固废行业前 10 位的环保领军企业。

在习总书记倡导的"绿水青山就是金山银山"环保理念的指引下，当前又迎来了"十三五"环境发展规划的机遇，浙江旺能在努力管理、施工建设现有的垃圾焚烧电厂的基础上，又迎来了新的环保领域发展机遇。去年美欣达集团又相继成立了新的环保产业，"城市矿产""百奥迈斯""智慧环境"三个新公司，加上集团公司已有的"热电联产""旺能环保"，形成了环保产业五大版块，为在中国环保领域真正做大做强打下了发展基础，从城市垃圾焚烧的单一固废处置，发展到城市污泥、餐厨垃圾、厨余垃圾、医疗垃圾、建筑垃圾、危废垃圾的处置延伸，并结合垃圾的清扫、清运的前后延伸的发展之路，逐步形成环保产业化、规模化、大型化、智能化、集协化、固废一体化的环保产业发展之路。

美欣达集团环保产业从工业固废转向农业固废事出有因，上溯到 2013 年，黄浦江上曾出现漂流大批死猪，10 天打捞8000 头死猪，引发国内外各大媒体纷纷报道。关系到全国人民环境卫生和食品安全的大事，惊动了农业部、国务院领导，造成这个事件的起因是在浙江省嘉兴，作为重灾区的浙江省在省政府的高度重视下，全方位铺开建设病死畜禽无害化处理设施。

有幸兰溪市畜禽无害化处理项目在政府的高度重视下给我们做了这个项目,从而引发了我们对这个新产业的兴趣。我有幸去参观了美国的先进技术,回国后向单建明董事长报告并得到了集团高层领导的认同,成立了"浙江百奥迈斯生物科技有限公司",并于高速的发展向全国重点畜牧养殖大县城寻求合作建设项目,目前已在全国13个省30多个县市签订了合作项目。部分项目已投入建设和完成建设,并开始运行。为了做大做强百奥迈斯,扩大在全省、全国的影响,今年公司与萧山施兴公司与省肥料协会的秘书长马敏力共同策划筹建起浙江省"畜禽废弃物处理与资源化利用"的行业协会,我荣幸地当选为第一任会长。

在清华环境总裁班一年的学习中,使我增长了许多知识,了解最新的国家环保政策、环保新法规的出台,"十三五"的环保发展机遇与挑战,能最早学习互联网"大数据"+在环保细分领域中的运用。我要感谢王世文老师的教学和指导,他渊博的知识,学用结合的教育方法使我受益匪浅。他鼓励同学之间合作共赢的思想理念,推动了同学之间、企业之间强强联合,走上了以大带小的群体发展之路。企业之间互相"点评课"是一个很有特色的老师帮同学,同学帮同学的"金点子"课程,使许多企业能看到自己的企业管理不足,通过师生借力帮助自己的企业的提升。更让我感激不尽的是我只参加了一年的学习,王老师和同学们给了我很高的评价,在毕业大会上,经环保企业家有关组织创办的"绿英奖"评委会评议,颁发给我一个"绿英奖",表彰我为环境企业家楷模。我要感谢清华同学刘乃刚，是他向我推荐马拉松跑步的健身锻炼方式，还要感谢耿海榕同学特意从加拿大赶回国内鼓励和陪伴我跑了我的第一次半程马拉松——泰安半马。在他们的指导和鼓励下，我的健康锻炼方法有了很大的调整。从原来的走路、登山、游泳、骑车到现在开始跑起了半程马拉松。现在像着迷似的参加了湖州悦跑团，成了湖州悦跑团的一名老将，经常和跑友享受着团队跑步的乐趣和健康的喜悦。每当和青年男女在跑步中放弃任何思考的时候，就好像又回到了我的少年时代、青年时代，好像自己一点也不老。

每当回忆知青上山下乡的难忘经历时，半个世纪前的青年时代一颗火热的心，奔赴农村、战天斗地、自强不息、虚心好学，勇于奉献的知青精神，养成了我到国企时代的艰苦奋斗、努力拼搏、不向困难低头，培养执着进取的精神。这种精神把我带到了国企中"奋进年华"，这种精神把我带到了民企中"与时俱进"。

人总是处在一定的时空，虽然很难去刻意改变自己所处的时空这一客观的外在条件，但是人可以尽可能地发挥主观能动性来适应、改变甚至改造这个世界。对于人从哪里来，处在什么位置，到哪里去这三个问题最根本的思考，其实我认为核心答案就是"我是谁"和"活在当下"，树立正确的世界观，正确地认识自身，发现缺点和优点，扬长避短，是取胜之道。1964年我下乡了，这在当时是不可逆和无可选择的，但是个人的命运是可以通过奋斗来改变的，这就是一种正能量。我是父母心中的宝贝疙瘩，城镇青年，在农村15年，确实吃了不少苦，但就像我在第一本书中讲的，那是苦乐青春啊！我在农村学到的一切，那是巨大的财富，利用在农村的时光，我在一个完全陌生的环境中学会待人接物，成为农活的行家里手，结婚生女……真要感谢当时艰苦的环境对我的历练！

1997年，我去湖州灯芯绒总厂，随之而来的国有经济改革浪潮，大中型国企改制全面推行，那又是一个历史潮流的关口，同样不可逆，无可选择，但我直面了这些困难，并且利用我在农村当知青和在印染厂当厂长的丰富经验，走出了属于自己的路，以至于今天的旺能公司和百奥迈斯。下乡做知青、干农活，回城做工人、学技术，那是我被框定了的时空，我没有抱怨，而是面对，我确实无法去突破时代限定我的时空维度，但可以探求深度，攀登高度，在特定的时代，我也确实这么做了。

借用马云先生说的话："我绝不会和任何人交换这个时代。"轰轰烈烈的上山下乡，知识青年社会运动；波澜壮阔的改革开放，企业改制经济大潮……我属于这个时代，我被烙上强烈的印记，我至今咀嚼带给我的苦痛，依然回味属于我的快乐，享受奋进年华拼搏的成功，感受克服困难登顶的欢欣……接受这个时代带给我的一切，勇敢面对，全力适应，追求改变，奋进前行，展现最好的我！以此作为本书的后记，和各位朋友共勉。

我要继续前进。

许瑞林

2016年5月

致　谢

　　光阴荏苒，时光流逝。在去年的《苦乐青春——我的南埠岁月》出版后，有一年的时间过去了。如今，这本《奋进年华——我在国企十八年》一书终于和大家见面了。之所以取"奋进年华"四字为书名，因为对于我来说，而立之年这个阶段又是我人生一个重要的阶段，我只有不断奋斗，才能实现自我在这个社会上的价值，才能为家人带来幸福和舒适的生活。这部书将近12万字，分为三大部分，也是我在印染厂的三个重要的阶段。我从一名普通的机修工人，通过自己的努力，脚踏实地，勤奋刻苦，最终担任印染厂厂长，这其中有太多的故事，现在能一一与大家分享，这让我感到很欣慰。

　　这本书的写作历时一年，它的顺利出版包含了太多人的心血和努力。在此，我要感谢为此书付出劳动和心血的人。首先我要感谢沈鑫元老师。七十多岁的他对生活充满热情，他以一颗热忱而负责任的心为我们地方文化的发展做出了重要贡献，出版了多部个人著作，在美食文化、旅游文化和历史文化的研究中取得了令人瞩目的成绩。他全程参与本书的编撰整理工作，采访相关人物，查阅大量第一手资料，最终使这本书如期撰写完成。我要感谢孙家宏秘书长。我们共事八年，在工作上，他给了我很大的帮助和启发，特别是为美欣达的企业文化建设作出了很大贡献。他为我写的序文笔流畅，饱含真情，朴实感人。我还要感谢湖州印染厂的领导和同事。感谢他们一直以来对我的支持和照顾，帮助我成长、成才。此外，我要感谢美欣达集团董事长单建明先生，感谢他给了我这样的平台，让我倾尽心尽力，施展自己的才华，与之共创美好的事业。最后，我还要感谢我的家人，感谢你们的一路陪伴，一路相守，让我有一个温暖而坚强的后盾。我想我是幸运而幸福的。

《奋进年华》一书对我来说意义重大，它让我再一次回首了我在印染厂的那十八年。我那奋斗的中年岁月，它对于我整个人生来说又是生命长河中一个阶段的一笔宝贵的财富。人生所有的经历都是磨炼我们的意志，塑造我们的灵魂，我还是要感谢这段岁月，感谢这段岁月里相遇的人。

谨以此书献给所有我的国企十八年所有帮助，支持，鼓励，关心我的人，以及我的领导、朋友、同事，还有有缘的读者们。